왜 사막이 넓어지면 안 되나요?

왜 사막이 넓어지면 안 되나요?

1판 1쇄 펴냄_ 2012년 11월 20일
1판 3쇄 펴냄_ 2013년 7월 25일

지은이_ 김은희
그린이_ 손진주
편 집_ 김이슬, 손민지, 이은영
마케팅_ 심지훈

펴낸이_ 하진석
펴낸곳_ 참돌어린이

주 소_ 서울시 마포구 독막로 3길 8
전 화_ 02-518-3919
팩 스_ 0505-318-3919
이메일_ book@charmdol.com

신고번호_ 제313-2011-157호
신고일자_ 2011년 5월 30일

ISBN 978-89-97592-18-0 63800

왜 사막이 넓어지면 안 되나요?

김은희 지음 · 손진주 그림

참돌어린이

들어가는 글

여러분은 '사막' 하면 무엇이 떠오르나요? 드넓은 모래벌판이 떠오르는 친구도 있을 테고, 오아시스나 낙타가 떠오르는 친구도 있겠지요?

사막은 여러분이 알고 있는 것보다 훨씬 크고 넓은 곳이랍니다. 지구의 3분의 1을 차지할 만큼 무척 큰 땅이지요. 또 수많은 생물과 사람이 어우러져 살아가는 땅이기도 합니다.

그런데 사막의 초지들이 차츰 황무지로 변해 가고 있다는 사실을 알고 있나요? 왜 이런 일이 생기는 걸까요? 바로 심각한 '사막화 현상' 때문이에요.

사막화 현상은 기후 변화의 영향 때문에 발생하기도 하지만, 대부분 우리 인간의 잘못된 행동 때문에 일어나고 있어요. 개발을 위해 나무를 무자비하게 베어 내고, 푸른 풀이 자라는 초지를 불태워 농사를 짓고, 화석 연료를 사용해 지구 온난화를 촉진하는 행동 등이 사막화 현상의 원인이랍니다.

지구에 사막이 넓어지면 어떻게 되느냐고요? 사막이 넓어지면 온난화의 영향으로 숲이 점점 사라지게 돼요. 또 토양의 수분이 적어져서 땅이 바짝 마르겠지요. 가뭄이나 홍수 같은 자연재해도 늘어나게 될 거예요.

우리가 지금 관심을 갖지 않는다면 푸른 지구는 온통 사막으로 변하게 될지도 몰라요. 그럼 우주에서 내려다본 우리의 지구는 예쁜 초록빛이 아니라 황토색 별이 되어 버리겠지요. 황사가 심해지면 대기가 오염될 테고, 결국 지구는 물도 구할 수 없는 메마른 땅이 될 거예요.

어때요? 사막화되는 지구를 살리지 않으면 정말 큰일이 나겠지요? 사막화를 막기 위해 우리가 할 수 있는 일에는 무엇이 있을까요?

우리의 친구 마루를 따라가면 알 수 있어요. 어느 날 갑자기 지구에서 가장 큰 사막인 사하라 사막에 뚝 떨어지게 된 마루. 마루의 모험을 통해 왜 자연을 아껴야 하는지, 왜 에너지를 낭비하지 말아야 하는지, 왜 지구가 사막으로 변하면 안 되는지를 배워 보도록 해요.

자, 그럼 우리 함께 사하라 사막으로 여행을 떠나 볼까요?

2012년 11월 낙엽이 구르는 가을에

김은희

차례

수상한 고물 자전거

"뭐야, 또 고물이잖아?"

학교에서 돌아온 마루가 거실로 들어서며 말했어요. 거실에는 아빠가 주워 온 갖가지 고물이 잔뜩 쌓여 있었지요.

"아빠, 이것들은 또 어디에서 주워 오신 거예요?"

"옆집에서 이사를 가면서 버리고 갔지 뭐냐? 아직 멀쩡한 것들인데 말이야. 쯧쯧."

아빠가 혀를 차며 말했어요.

마루는 고물들을 찬찬히 살펴보았어요. 유리병, 양은 냄비, 쓰다 만

공책에 나무 의자까지, 없는 게 없었지요.

"자, 이렇게 닦아 놓으니까 새것처럼 깨끗하지?"

아빠는 유리병 하나를 들어 보이며 흐뭇하게 웃었어요.

하지만 마루는 그런 아빠가 도무지 이해가 가지 않았습니다. 누군가 쓰던 물건을 다시 쓴다는 것이 왠지 찝찝하고 기분 나빴거든요. 학용품도, 옷도, 장난감도, 책도. 마루는 뭐든 깨끗한 새 물건이 좋았어요.

"마루야, 학교 다녀왔으면 손부터 씻어야지."

엄마가 부엌에서 나오며 말했어요. 손을 씻으라는 말은 곧 간식을 먹으라는 신호와 같았어요. 어쩐지 코끝에 매콤한 냄새가 솔솔 풍겼지요.

"오늘 간식은 네가 좋아하는 떡볶이란다."

"와! 떡볶이!"

마루는 신이 나서 얼른 소파 위에 가방을 던져 놓고 우당탕 욕실로 뛰어 들어갔어요. 물을 콸콸 틀어 신 나게 비누칠을 하며 손을 씻었어요. 다 씻고 난 뒤에는 헐레벌떡 식탁으로 뛰어나왔지요.

"잘 먹겠습니다!"

마루는 냠냠 쩝쩝 맛있게 떡볶이를 먹기 시작했어요. 그런데 잠시 후, 욕실에 들어간 아빠가 다급한 목소리로 마루를 불렀어요.

"마루야, 마루야! 빨리 이리 와 보렴."

떡볶이를 먹고 있던 마루는 인상을 쓰며 젓가락을 내려놓았어요. 그리고 귀찮은 듯 느릿느릿 걸어서 욕실로 갔지요.

"아빠, 왜요?"

욕실에서 아빠가 조금 무서운 표정을 짓고 있었어요.

"마루야, 이걸 보렴. 수도꼭지를 꼭 잠가 놓지 않아서 물이 새고 있잖아."

똑똑똑, 세면대 위로 콩알만 한 물방울이 쉴 새 없이 떨어지고 있었어요.

"에이, 아주 조금 떨어지는 거잖아요."

"조금이라니? 이렇게 적은 양의 물도 우습게 보면 안 되는 거야. 이대로 계속 놓아두면 일 년 후엔 우리 집이 온통 홍수가 난 것처럼 물바다가 되고 말 거야."

다다다다, 오늘도 어김없이 아빠의 폭탄 잔소리가 시작되었어요. 물을 아껴 써라, 전기를 아껴 써라, 함부로 버리지 마라 등등. 아빠는 마루만 보면 늘 잔소리를 늘어놓기 바빴어요. 그럴 때면 마루는 꼭 벌을 받는 기분이었어요.

듣는 둥 마는 둥 건들거리며 서 있던 마루는 아빠의 잔소리가 끝나기 무섭게 부엌으로 돌아와 식탁 의자에 앉았어요. 김이 모락모락 나던 떡볶이는 이미 차갑게 식어 있었지요. 마루의 기분도 차갑게 상하고 말았습니다.

"엄마, 아빠 좀 말려 주세요. 우리가 가난한 것도 아닌데 자꾸 아끼라고만 하시잖아요. 맨날 혼만 내시고……. 아빠는 구두쇠예요."

엄마는 달그락달그락 설거지를 하며 마루를 달랬어요.

"돈이 아까워서가 아니야. 아빠가 그러시는 건 다 마루 너를 위해서란다."

"그게 무슨 말씀이세요? 저를 위해서라니요?"

"아빠가 마루를 아주아주 많이 사랑하시기 때문이지."

"에이, 말도 안 돼……."

마루는 입을 삐죽였어요. 엄마의 말을 도무지 이해할 수가 없었어요. 아무리 생각해도 아빠는 자신보다 고물을 더 사랑하는 것 같았으니까요.

'아빠가 정말 나를 사랑한다면 다른 아빠들처럼 갖고 싶은 건 뭐든 척척 사 줘야 되는 것 아닌가?'

마루는 불만 가득한 표정으로 볼을 잔뜩 부풀렸어요. 그러다 문득 생각난 듯 벼르고 있던 말을 꺼냈지요.

"그런데 엄마, 있잖아요……. 저 조금 있으면 생일인데, 생일 선물로 게임기 사 주시면 안 돼요?"

"게임기? 얼마 전에 사 줬잖니?"

"벌써 유행이 지났어요. 친구들도 싫증 났다고 전부 최신형 게임기로 바꿨단 말이에요. 다른 애들은 전부 바꿨는데, 저 혼자만 고물이라고요."

그때 아빠가 부엌으로 들어왔어요. 마루가 한 말을 들은 모양이었어요. 아빠는 크게 한숨을 쉬고는 말했어요.

"마루야, 선물은 쉽게 쓰고 버리는 것보다 오래 기억할 수 있는 게 더 좋은 거란다."

"새 게임기를 오래오래 기억하면 되잖아요. 정말 갖고 싶단 말이에요. 사 주세요, 네?"

마루는 자꾸만 떼를 썼어요. 아빠는 곰곰이 생각에 잠겼지요.

"좋아! 네가 정 원한다면 이번 생일엔 아빠가 아주 특별한 선물을 해 주마."

'특별한 선물? 혹시 굉장히 비싼 게임기를 사 주시려나?'

마루는 가슴이 콩닥콩닥 뛰기 시작했어요. 번쩍거리는 새 게임기를 친구들에게 자랑할 생각을 하니 벌써부터 하늘을 날 듯 기분이 좋아졌지요.

며칠 뒤, 마루의 생일이 되었어요. 마루는 아빠가 어떤 선물을 준비했을지 궁금해하며 학교가 끝나자마자 한달음에 집으로 달려왔어요. 마루가 현관문을 열고 들어서니, 마침 아빠가 거실에서 폐품을 정리하는 모습이 보였어요.

"아빠, 생일 선물 주세요!"

마루는 기다렸다는 듯이 말했어요. 아빠는 선물을 줄 테니 창고 쪽으로 가자고 했지요. 마루는 신이 나서 폴짝폴짝 뛰며 아빠 뒤를 따랐어요.

"자, 아빠가 준비한 아주 특별한 선물이란다."

"우와! 아빠, 감사합니다!"

마루는 들뜬 마음으로 아빠의 선물을 뜯어보았어요. 후다닥 포장을

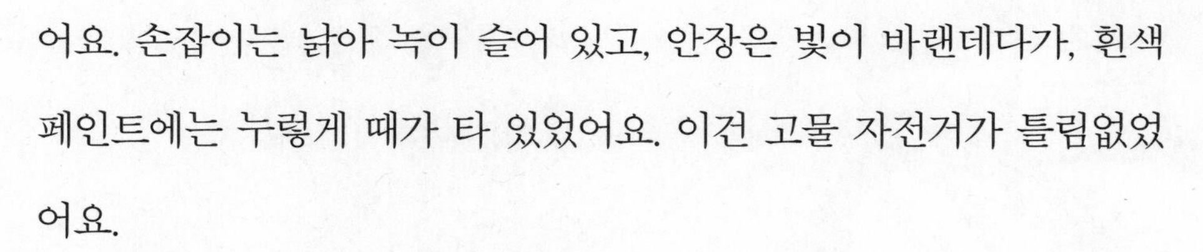

벗겨 내자 마루의 눈앞엔 기대하던 게임기가 아닌 자전거 한 대가 놓여 있었어요.

'이게 뭐야? 이게 특별한 선물이야? 그냥 자전거잖아.'

마루는 자전거를 찬찬히 살펴보았어요. 손잡이는 낡아 녹이 슬어 있고, 안장은 빛이 바랜데다가, 흰색 페인트에는 누렇게 때가 타 있었어요. 이건 고물 자전거가 틀림없었어요.

마루는 아빠한테 속았다는 생각에 부글부글 화가 치밀었어요.

"이게 뭐예요? 누가 이런 고물을 갖고 싶다고 했어요? 난 게임기가 갖고 싶다고요!"

아빠는 마루를 타이르듯 조용한 목소리로 말했어요.

"마루야, 이건 고물이 아니라 보물이란다. 이것 봐. 잘 닦아 놓으니 새것 같지?"

'낡은 고물 자전거가 보물이라니! 아빠 바보야!'

게임기를 기대했던 마루는 무척 속이 상했어요. 어느새 마루의 눈

에 눈물이 맺히더니 볼을 타고 주르륵 흘러내렸지요. 마루가 우는 것을 보고 아빠가 깜짝 놀라 마루를 달랬어요.

"마루야, 왜 그래? 선물이 마음에 안 드니?"

"아빠 미워요! 정말 정말 미워요!"

마루는 "쿵쿵" 발소리를 내며 집 안으로 뛰어 들어갔어요.

"마루야, 마루야!"

아빠가 큰 소리로 마루를 불렀지만 마루는 들은 척도 하지 않고 방으로 뛰어 들어가 문을 "쾅" 닫았어요. 문도 잠가 버렸지요.

"마루야, 문 좀 열어 봐."

문밖에서 아빠가 부르는 소리가 들렸어요. 이윽고 엄마도 걱정스러운 목소리로 마루를 불렀지요. 하지만 마루는 방 안에서 꼼짝도 하지 않았어요.

'고물만 좋아하는 고물 아빠! 차라리 새아빠가 생겼으면 좋겠어. 뭐든 새것만 사 주는 새아빠 말이야!'

마루의 마음속에 자꾸만 나쁜 생각이 뿌리를 내렸어요.

'아빠가 안 계실 때 저 자전거를 갖다 버려야겠어. 어차피 처음부터 버려진 고물이었잖아? 꼴도 보기 싫어!'

시간이 얼마나 지났을까요. 엄마와 아빠는 외출을 한다며 집을 나섰어요. 드디어 자전거를 버릴 기회가 찾아온 거예요.

마루는 조심조심 고물 창고로 향했어요. 창고 안은 아빠가 주워 온 고물로 가득 차 있었어요. 어쩐지 으스스한 게 마치 숨죽이고 있던 고물들이 커다란 괴물로 변해 마루를 통째로 집어삼킬 것만 같았어요.

마루는 얼른 자전거 손잡이를 움켜쥐었어요. 그 순간, 정말 이상한 일이 벌어졌어요. 자전거 바퀴가 저절로 뱅글뱅글 돌아가는 것이 아니겠어요?

화들짝 놀란 마루가 손잡이에서 손을 떼려고 했어요. 그런데 이게 어떻게 된 일인지, 본드라도 칠한 것처럼 마루의 손이 손잡이에서 떨어지지 않는 거예요.

"따릉따릉!"

그때, 자전거에 달린 동그란 종이 저절로 울리기 시작했어요. 마루는 온몸의 털이 삐죽삐죽 서는 것처럼 소름이 돋았어요. 고물 자전거는 마치 마법사의 주문에 걸린 빗자루처럼 둥둥 공중으로 떠올랐어요. 마루의 몸도 자전거와 함께 떠올랐지요.

그때였어요. 마루의 눈앞에 검은 소용돌이가 나타났어요. 그리고 순식간에 마루와 자전거는 그 소용돌이 안으로 빨려 들어가고 말았습니다.

"으악! 살려 줘! 엄마, 아빠!"

모래 왕국 사하라

"쉬이익, 쾅!"

마루는 자전거와 함께 낯선 곳에 "쿵" 떨어졌어요. 마치 빵빵하게 부푼 풍선 속에서 뱅글뱅글 돌다가 "뻥" 하고 터져 나온 것만 같았지요.

"아야! 뭐가 이렇게 딱딱하지?"

마루는 얼른 주위를 둘러보았어요. 마루의 등 뒤에 뭔가가 머리를 푹 숙인 채 끙끙대고 있는 모습이 보였어요. 그 옆에 마루의 고물 자전거도 여기저기 망가진 채 떨어져 있었지요.

"아이고, 머리야! 아이고, 입이야! 이게 무슨 날벼락이야!"

자전거 옆에 웅크린 이상한 물체가 신음을 내뱉었어요. 그것이 불쑥 고개를 치켜들자, 마루의 두 눈이 휘둥그레졌어요.

"으악!"

소스라치게 놀란 마루는 그만 뒤로 나자빠지고 말았어요. 그 이상한 것은 다름 아닌 낙타였던 거예요.

"에이, 아닐 거야. 말하는 낙타가 이 세상에 어디 있어……."

마루가 멍하게 중얼거리자 낙타는 "히히힝" 소리를 내더니 콧바람을 일으키며 커다란 입을 벌려 말했어요.

"내 머리 위로 떨어진 게 너야? 너 때문에 내 머리에 혹이 나고 말았잖아!"

낙타가 머리에 불룩 솟은 주먹만 한 혹을 문지르며 말했어요.

"이럴 수가!"

마루의 입이 떡 벌어졌어요. 마루의 머릿속에 흩어져 있는 생각들이 정신없이 반짝였지요.

'설마! 내가 지금 이상한 세계에 와 있는 건가? 어쩌면 내가 통과한 게 말로만 듣던 블랙홀이었나? 그럼 여긴 4차원 세계인가? 아니야, 어쩌면 천국이거나 아니면 지옥? 그것도 아니면 외계 행성?'

마루는 머리를 절레절레 흔들었어요. 상상할수록 무서운 생각만 떠올랐어요. 잔뜩 겁먹은 마루가 더듬더듬 입을 열었어요.

"저, 저기……."

낙타가 마루를 쳐다보았어요.

"혹시 너도 내 말이 들리니?"

입을 씰룩거리며 낙타가 언성을 높였어요.

"지금 날 무시하는 거야? 우리 종족은 예민해서 작은 소리도 아주 잘 들을 수 있다고. 그뿐인 줄 알아? 냄새도 아주 잘 맡지!"

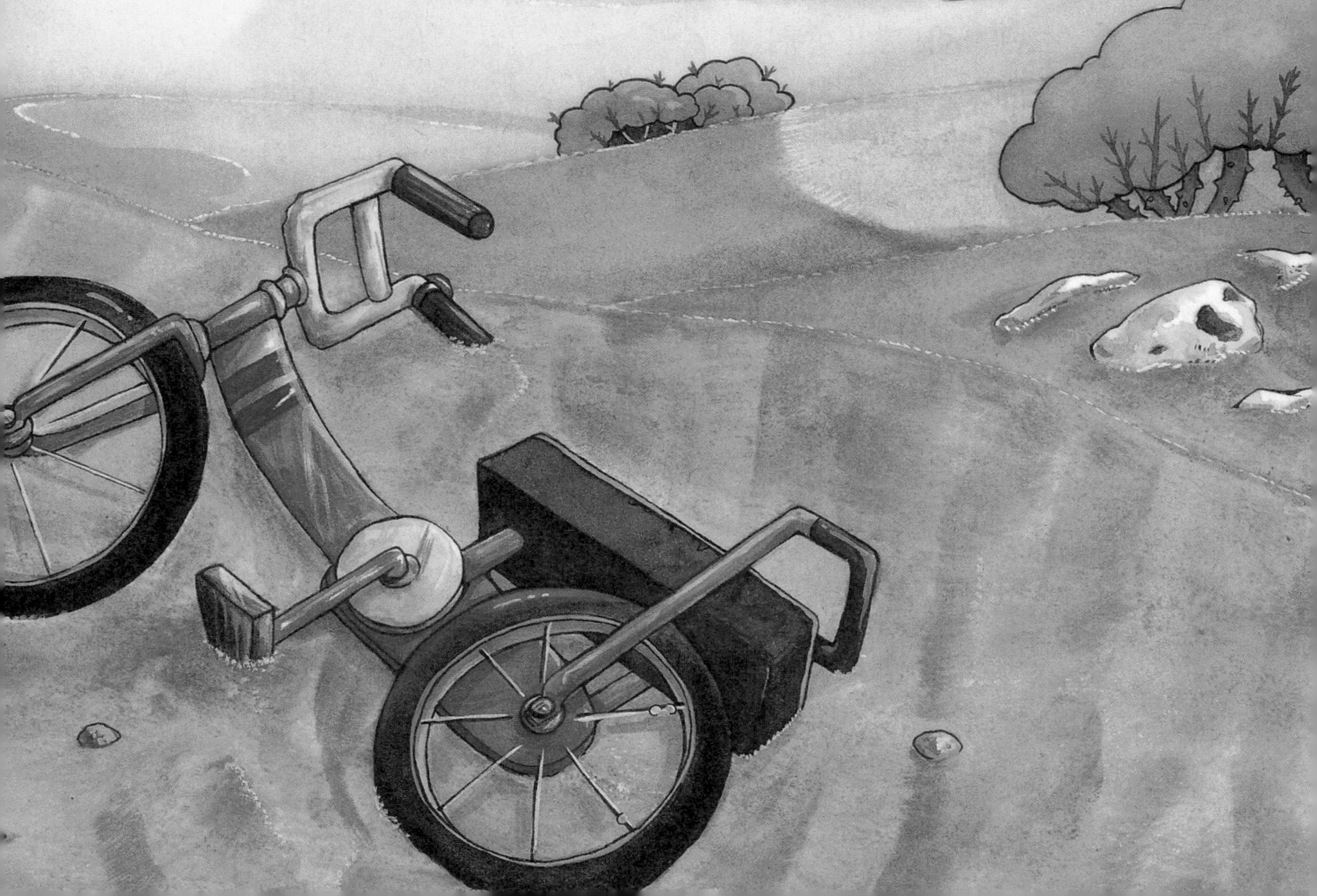

낙타는 자신을 무시하지 말라는 듯 콧구멍을 벌렁거리며 말했어요. 말하는 낙타 앞에서 마루는 마치 커다란 망치로 머리를 세게 얻어맞은 듯 멍하기만 했지요.

"그런데 넌 어쩌다가 하늘에서 떨어진 거야? 그것도 하필 내 머리 위에 말이야."

마루는 쭈뼛쭈뼛 망설이다가 조금 전에 고물 창고에서 있었던 이상한 일에 대해 설명해 주었어요. 그러자 낙타가 큰 이빨을 드러내며 피식피식 웃어댔어요.

"말도 안 돼. 그럼 자전거를 타고 공간 이동이라도 했단 말이야?"

'그래, 맞아! 공간 이동!'

순간, 번쩍 불이 켜지듯 마루의 머릿속이 환해졌어요.

'그랬구나……. 내가 공간 이동을 한 거야! 그럼 여기가 어디지?'

마루는 주위를 둘러보았어요. 사방이 끝없이 펼쳐진 황금빛 모래밭이었지요. 모래와 낙타! 이 둘이 있을 만한 곳은 어디일까요?

"혹시……. 여기 사막이니?"

마루가 묻자 낙타가 또 어이없다는 듯 말했어요.

"바보, 사막에서 사막이냐고 묻는 사람이 어디 있어? 넌 정말 이상

한 아이구나."

세상에, 마루의 예상이 맞았어요! 텔레비전에서만 보던 바로 그 사막에 마루가 떨어진 거예요.

"여긴 사막 중에서도 최고의 사막인 모래 왕국 사하라야. 사하라가 어떤 곳인지 알지?"

'사하라 사막?'

마루는 문득 수업 시간에 들었던 선생님 말씀이 떠올랐어요. 선생님은 아프리카 대륙의 사하라 사막이 지구에서 가장 크고 넓은 사막이라고 했지요.

"게다가 여긴 사헬 지대야."

"사헬 지대? 그게 뭔데?"

"사하라 남쪽 가장자리 지역을 사헬 지대라고 불러. 사하라 사막 중에서도 가장 지독한 사막이어서 사람들은 이곳을 삶과 죽음의 통로라고 부르지."

"삶과 죽음의 통로?"

"그래, 지금은 이렇게 모래투성이지만 옛날엔 푸른 초원이었어. 사람이나 우리 같은 동물들에게도 아주 살기 좋은 곳이었지. 나 같은 낙타들이 배부르게 뜯어 먹고도 남을 만큼 많은 풀도 있었거든. 그런데 점점 땅이 거칠어지고 메말라 가더니 결국 사막이 되고 말았어. 생명이 살기 힘든 죽은 땅이 된 거지."

"비가 올 때 다시 식물을 심으면 되는 거 아니야?"

"넌 정말 뭘 모르는구나? 여기 모래 지대에는 비가 거의 내리지 않아. 6월에서 8월까지 비가 오긴 하지만 내리는 비의 양을 다 합쳐도 200밀리미터 정도밖에 안 돼. 정말 눈곱만큼 온다는 말이야. 그마저도 뜨거운 태양에 금방 증발하지. 여긴 기온이 52도까지 올라가는 무시무시한 살인 더위 지역이야. 그래서 함부로 걸어 다니면 더위 때문에 죽을 수도 있어."

"주, 죽는다고?"

마루는 덜컥 겁이 났어요. 어떻게든 다시 공간을 이동해 집으로 돌아가고 싶었지요.

마루는 후다닥 달려가 쓰러진 자전거를 일으켜 세웠어요. 하지만 하늘에서 떨어진 충격 때문인지 자전거는 바퀴가 움직이지도, 종이 울리지도 않았어요. 페달에 걸려 있던 체인도 끊어져 있었지요.

낙타가 마루 곁으로 터벅터벅 걸어왔어요. 고장 난 자전거를 내려

다보던 낙타가 혀를 차며 말했어요.

"쯧쯧, 요술을 부린다는 자전거가 고장 나 버렸네."

낙타는 놀리듯이 큰 입을 벌려 키득거렸어요. 마루는 어떻게든 자전거를 고쳐 보려고 애썼어요. 손잡이를 잡고 페달을 밟아도 헛바퀴만 돌 뿐 아까처럼 하늘로 붕 떠오르지 못했어요. 마루는 주변을 빙 둘러보다가 낙타에게 물었어요.

"혹시 자전거 수리점이 어디에 있는지 아니?"

낙타가 황당하다는 듯 코웃음을 쳤어요.

"사막에서 자전거 수리점을 찾겠다고?"

비웃던 낙타는 문득 생각난 듯 중얼거렸어요.

"아, 오아시스 도시에 가면 있을지도 모르겠군."

"오아시스 도시?"

"이곳 사하라 사막은 물이 아주 귀해서 오아시스가 있는 곳에 마을이나 도시가 생기거든. 나도 말로만 들었는데, 오아시스 도시에는 아주 큰 건물이 있다고 들었어. 거길 찾아가면 네 자전거를 고칠 수 있을지도 몰라."

"오아시스 도시를 찾으려면 어디로 가야 해?"

마루는 다급히 물었어요. 그러자 낙타는 오른쪽 앞발을 들어 저 멀리 해가 떠 있는 방향을 가리켰어요.

"동쪽으로 가야 해. 우리 주인님이 동쪽에 아주 큰 오아시스가 있다고 했거든."

낙타는 하늘을 올려다보더니 갑자기 발을 동동 굴렀어요.

"이런, 시간이 벌써 이렇게 되었나? 난 그만 가 봐야겠어. 우리 주인님이 기다리실 거야. 그럼 안녕!"

낙타는 "히히힝" 하고 콧바람을 불며 작별 인사를 하더니 터벅터벅 멀어져 갔어요.

낯설기만 한 사하라 사막에서 혼자 오아시스를 찾아야 한다고 생각하니 마루는 슬슬 겁이 났지요. 그러자 잠시 잊고 있던 아빠와 자전거에 대한 원망이 되살아났어요.

'이게 모두 아빠 때문이야. 아빠가 이 고물 자전거만 선물하지 않았어도…….'

갑자기 찜질방에 들어갔을 때처럼 후끈후끈 뜨거운 공기가 느껴졌어요. 그제야 마루는 지금 있는 곳이 사막이라는 게 실감 나기 시작했지요. 마루는 외투를 벗어 자전거에 묶고 바지도 접어 올렸어요. 그

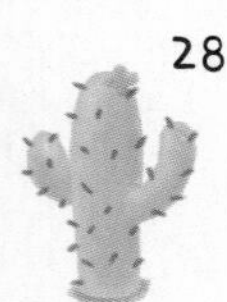

리고 해가 떠 있는 방향을 바라보았어요.

'정말 오아시스 도시를 찾으면 집으로 돌아갈 수 있을까? 설마 영영 돌아가지 못하는 건 아니겠지?'

두렵지만 어쩔 수 없었어요. 어쨌든 지금 할 수 있는 일은 하나뿐이었으니까요.

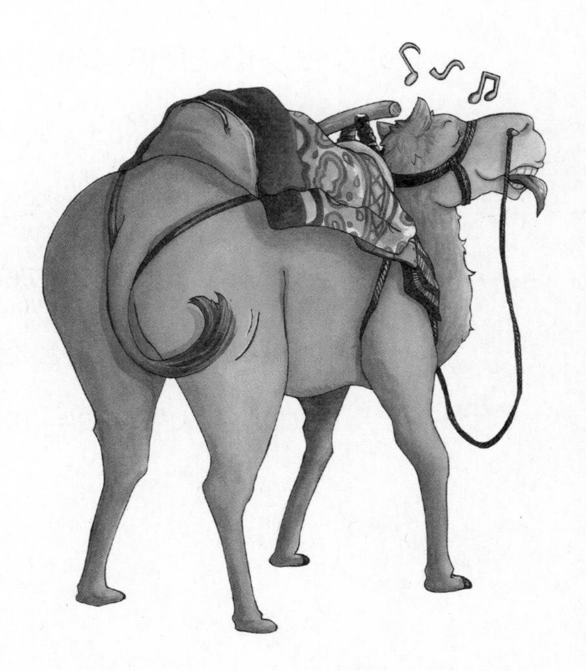

아프리카 대륙에는 총 50개가 넘는 나라가 있어요. 그중 24개의 나라가 사하라 사막 안에 있어요. 사하라 사막은 아프리카 대륙의 43퍼센트, 아프리카 인구의 40퍼센트가 거주할 정도로 무척 큰 땅이에요.

그런데 문제는 이 사하라 사막이 매년 점점 더 넓어지고 있다는 거예요. 식물이 더 이상 자라지 못할 정도로 대지가 메말라 가는 사막화 현상 때문이지요. 아프리카에서 경작이 가능한 건조지대 중 사막화의 영향을 받는 땅이 73퍼센트나 된다고 해요.

매년 서울 면적의 6배나 되는 땅이 빠른 속도로 사막으로 변하고 있고, 실제로 지난 50년간 한반도의 6배에 해당하는 면적의 땅이 사막화되었답니다. 또한 아프리카 인구의 40퍼센트가 사막화로 인해 극심한 물 부족과 식량난을 겪고 있어요.

세계에서 사막화가 가장 심각한 지역은 바로 사하라 사막의 사헬 지대예요. 사헬 지대는 아랍어로 '변두리'라는 뜻인데, 세네갈

북부, 모리타니 남부에서 말리 중부, 니제르 남부, 차드 중남부까지 서쪽에서 동쪽으로 띠처럼 이어져 있는 사막을 말해요. 키가 작은 풀과 작은 나무들이 자라고 있지만, 사막의 건조한 기후와 지독한 가뭄으로 인해 점차 사람이 살 수 없는 황무지가 되어 버린 곳이지요.

사막화가 아프리카만의 문제일까요? 절대 그렇지 않아요. 사막화 피해 대상 국가는 100여 국이 넘는답니다. 중국, 인도, 몽골, 파키스탄, 네팔 등의 사막 나라들이 위험에 처해 있지요. 벌써 지구 육지 면적의 3분의 1이 사막으로 변했다고 하니 정말 엄청난 일이 아닐 수 없어요.

자, 과연 마루는 죽음의 땅이라 불리는 사하라 사막의 사헬 지대에서 무사히 집으로 돌아갈 수 있을까요? 우리 함께 마루를 따라가 봐요!

메마른 오아시스

마루는 바람이 불어오는 동쪽을 향해 걷기 시작했어요. 바람이 불어올 때마다 모래 먼지가 일었다가 스르륵 흩어졌지요. 머리 위에 떠 있는 태양은 쉴 새 없이 뜨거운 빛을 내리쬐었어요. 숨을 쉴수록 숨이 턱턱 막히고 가슴이 답답했어요.

한참을 걷자 모래 입자가 고운 땅이 나왔어요. 곳곳에 이름 모를 풀들이 듬성듬성 나 있었는데, 모두 바짝 말라 갈색으로 변해 있었지요. 마치 풀들이 카멜레온처럼 모래색으로 변장을 한 것만 같았어요.

'대체 얼마나 걸어야 오아시스가 나오는 거야?'

마루는 짜증이 났어요. 목도 무척 말랐지요. 오아시스를 발견하면 물속으로 퐁당 들어가 배가 빵빵하게 부를 때까지 물을 벌컥벌컥 마시고만 싶었어요.

그때, 저 멀리 나무 한 그루가 우뚝 솟아 있는 것이 보였어요. 길게 뻗은 몸통에 뾰족하고 가는 잎사귀를 가진 야자나무였어요.

'야자나무? 그렇다면…….'

마루의 입가에 슬며시 미소가 떠올랐어요. 언젠가 텔레비전에서 본 야자나무가 생각났거든요. 야자나무 옆에는 항상 푸른 오아시스가 있었지요. 찰랑찰랑 넘실대는 오아시스를 상상하니 벌써부터 힘이 솟는 것 같았어요.

기대에 부푼 마음으로 마루는 야자나무 가까이 다가갔어요. 그런데 야자나무를 본 순간, 그만 깜짝 놀라고 말았어요. 나무의 몸통이 삐쩍 마르고 껍질들은 새까맣게 타 있는 것이 아니겠어요. 수분이 날아간 껍질은 손을 대자 마치 과자 부스러기처럼 파삭 부서졌어요.

"에잇, 이게 뭐야!"

실망하고 화가 난 마루는 야자나무의 몸통을 발로 퉁 차 버렸어요.

"아얏!"

그러자 누군가 비명을 질렀어요. 화들짝 놀란 마루가 재빨리 주위를 살폈어요. 하지만 주변에는 덩그러니 서 있는 야자나무뿐, 아무것도 보이지 않았지요.

"날 발로 차지 말아 줘."

또다시 정체를 알 수 없는 목소리가 들려왔어요. 놀란 마루가 돌덩이처럼 굳은 얼굴로 야자나무에게 물었어요.

"혹시 네가 말한 거니?"

야자나무는 힘없이 고개를 끄덕이더니 기운 없는 목소리로 물었어요.

"난 지금 몹시 아파. 혹시 물이 있니? 있으면 나눠 줄 수 있겠니?"

마루는 고개를 흔들었어요.

"미안해. 나도 물이 없어."

야자나무는 크게 실망한 듯 힘없이 축 늘어졌어요. 머리에 달린 잎사귀들도 덩달아 축 늘어졌지요.

"그런데 넌 어쩌다가 이렇게 마르게 된 거니?"

마루가 묻자 야자나무가 천천히 입을 열었어요.

"난 원래 수명이 무척 긴 나무야. 10년 넘게 비가 오지 않아도 살 수

있을 정도로 아주 튼튼하고, 6미터 이상 뿌리를 내려서 지하수를 빨아들일 수 있을 정도로 건강했지. 그런데 이곳에 흐르던 와디가 마르면서부터 몸이 시름시름 아프기 시작했어."

"와디? 그게 뭐야?"

야자나무는 비쩍 마른 가지 하나를 들어 저 멀리 넓은 땅을 가리켰어요. 그곳의 땅은 마루가 서 있는 곳보다 움푹 들어가 있었지요. 단단하고 딱딱하게 굳은 땅들은 금이 간 유리 조각처럼 쩍쩍 갈라져 있었어요.

"와디는 저 땅에 흐르던 하천이야. 비가 오는 우기에만 생겼다가 사라지지. 지하 깊숙이 흐르면서 이곳 사하라 사막의 오아시스를 만들어 내는, 생명과도 같은 귀한 물줄기라고 할 수 있지."

오아시스라는 말에 마루의 눈이 반짝 빛났어요.

"하지만 오랫동안 비가 내리지 않아서 하천의 물줄기가 마르고 말았어. 이게 다 저 하늘 때문이야."

야자나무는 원망스러운 얼굴로 하늘을 올려다보았어요. 마루도 덩달아 하늘을 바라보았어요. 하늘은 맑고 투명한 푸른색이었지요.

"저 하늘이 뭐가 어쨌다는 거야?"

"구름이 없잖아. 구름이 없으면 만들어질 수 없는 게 뭔 줄 알아?"

'구름이 없으면 만들어질 수 없는 것?'

마치 퀴즈라도 푸는 것처럼 신중하게 생각에 잠겨 있던 마루가 번뜩 뭔가 떠오른 듯 말했어요.

"알겠다! 구름이 없으면 비가 오지 않는구나!"

"맞아, 그럼 구름이 없는 이유도 알겠구나?"

"그건 땅의 표면에 수분이 없기 때문이잖아. 땅의 표면에 수분이 없으면 공기 중으로 증발하는 수증기의 양이 부족할 테고, 그럼 수증기가 뭉쳐서 만들어지는 비구름이 생겨날 수가 없을 테니까."

마루는 과학 시간에 배운 것을 잊어버리지 않았다는 사실에 무척 뿌듯해하며 말했어요.

"그래, 그런데 이곳 사하라 사막은 아주 무더운 열대 지방에다가 풀도 조금밖에 자라지 않는 스텝 기후를 가지고 있어. 초원 기후라고도 하지. 땅의 표면에 물이 거의 없는 이 스텝 기후의 사막은 증발량이 강수량보다 많아서 땅이 늘 메말라 있지. 게다가 이곳 사헬 지대는 해안에서 아주 멀리 떨어져 있는 곳이야. 그래서 한 번 가뭄이 들기 시작하면 몇 년 동안이나 비가 내리지 않아. 그래서 사헬 지대에서만

50개가 넘는 오아시스가 몽땅 말라 버렸지. 지금도 3년이 넘게 비가 내리지 않고 있어."

마루는 깜짝 놀랐어요. 3년 동안 비가 오지 않았다니, 상상만 해도 끔찍한 일이었지요.

"가뭄은 우리에게 아주 무서운 적이야. 땅의 수분을 빼앗아 건조하게 만들고, 나 같은 식물들의 수분까지 바짝 말려 버리거든. 우리 같은 식물들은 물과 햇빛, 토양의 양분으로 에너지를 만들어서 살아가는데 공기가 너무 뜨거우면 온몸이 더위에 검게 타고, 힘이 없는 뿌리는 양분을 빨아들이지 못해 결국은 말라 죽게 되지."

야자나무는 말하는 것조차 힘이 드는지 숨을 계속 헉헉 몰아쉬었어요. 가지를 축 늘어트린 게 금방이라도 툭 부러질 것만 같이 애처로운 모습이었지요. 마루는 안타까운 눈빛으로 야자나무를 보다가 문득 텔레비전 프로그램을 떠올렸어요. 물이 없는 아프리카 지역에 우물을 만들어 주던 프로그램이었지요.

"좋은 생각이 떠올랐어! 사람들에게 이곳에 우물을 파 달라고 부탁하는 거야. 그럼 비가 오지 않아도 깊은 땅속에 숨어 있는 지하수를 끌어 올릴 수 있잖아. 너도 물을 마실 수 있으니까 다시 건강해질 수

있을 거야."

마루는 활기찬 목소리로 말했지만 야자나무는 여전히 기운 없는 모습이었어요.

"나도 그랬으면 좋겠어. 하지만 이곳 사헬 지대에선 불가능한 일이야. 아주 오래전에는 2~3미터만 땅을 파도 물이 콸콸 쏟아지던 때가 있었어. 그런데 지금은 땅이 메마르고 기름지지 못해서 15미터 이상 파 들어가도 우물을 찾기가 어려워. 또 오래도록 이용할 수 있는 우물을 파려면 기술이 필요한데, 이곳 사람들은 우물을 팔 때 쓰는 펌프 장치나 굴착기가 없어. 또 우물 내부 벽을 만들 때 필요한 시멘트를 살 돈도 없고 말이야."

마루는 저절로 한숨이 나왔지요. 그러다 불현듯 무척 목이 마르다는 사실을 깨달았어요. 목이 바짝바짝 타고 입안에 침이 말라 고이지도 않았지요. 마루의 몸에도 가뭄이 들고 있는 것만 같았어요.

"왜 이러지? 몸이 이상해. 기운이 하나도 없어."

마루는 자전거에 기대앉았어요.

'빨리 오아시스를 찾아야 집으로 돌아갈 수 있을 텐데……. 집에 가면 시원한 물을 얼마든지 마실 수 있을 텐데……'

생각하지 않으려고 해도 자꾸만 낙타가 했던 말이 떠올랐어요.

“더위 때문에 죽고 말 거야.”라는 말이었지요. 마루는 갑자기 덜컥 겁이 났어요. 이마를 짚어 보자 활활 타오르는 불덩이 같았어요.

야자나무는 걱정스러운 얼굴로 말했어요.

"힘을 내. 여기 이러고 있으면 너도 나처럼 병이 들 거야. 더위 때문에 금방 탈수증에 걸릴 거라고. 몸속에 돌아다니는 열기가 밖으로 빠져나오지 못하면 체온이 급속도로 올라간단 말이야."

마루는 대꾸할 기운도 없었어요.

"물 한 모금만, 아니 딱 한 방울만 있었으면……."

마루의 눈꺼풀이 바들바들 떨리더니 눈이 스르륵 감겼어요. 그대로 까무룩 잠이 들 것만 같았지요. 그러자 야자나무가 온 힘을 다해 마루를 흔들어 깨웠어요.

"일어나! 이 근처에 선인장 친구가 있을 거야. 그 친구에게 찾아가면 물을 줄지도 몰라."

'선인장이 물을 준다고?'

야자나무의 말을 들은 마루의 눈빛에 차츰 생기가 돌기 시작했어요.

물을 찾아서

마루는 야자나무에게 인사를 한 뒤, 온 힘을 다해 다시 길을 걷기 시작했어요. 멀리 드넓은 모래벌판에 선인장 하나가 서 있는 게 보였어요. 선인장은 마른 풀 사이에 우뚝 솟아 뜨거운 햇빛을 받고 있었지요. 푸른빛이 살짝 도는 게 싱싱해 보이는 선인장이었어요. 마루는 몸통이 날씬하고 길쭉한 선인장 곁으로 다가갔어요.

"혹시 물을 가지고 있니?"

마루는 축 가라앉은 목소리로 물었어요. 선인장은 마루를 빤히 쳐다보더니 고개를 끄덕였어요.

"응. 내 몸 안에 있어. 난 비가 오면 몸 안에 물을 담아 놓거든. 사막의 더운 날씨 때문에 생긴 버릇이라고 할 수 있지."

"그렇게 가시가 많은 몸속에 물이 들어 있다고?"

마루가 못 믿겠다는 얼굴로 의심스럽게 바라보자 선인장이 발끈했어요.

"내 몸에 가시가 있는 건, 사막에서 수분이 빨리 날아가는 걸 막기 위해서야! 잎의 면적이 넓으면 햇빛을 받았을 때 금방 수분이 날아가 버리니까."

"그럼 나에게 물을 좀 나누어 줄 수 있니? 야자나무가 그러는데 네가 물을 줄지도 모른다고 했거든."

마루는 이마에 흐르는 땀을 닦으며 물었어요. 선인장은 돌연 새침한 표정을 짓더니 입술을 삐죽거렸어요. 그러자 마루가 다시 애원했어요.

"부탁이야. 난 물이 필요해. 지금 무척 목이 말라서……."

하지만 선인장은 고개를 획 돌리고 마루를 외면했어요.

마루는 점점 버티기가 힘들었어요. 머리가 지끈지끈 아프기 시작했어요. 몸은 아까보다 더 뜨거워진 것 같았지요. 마루는 한쪽에 자전거를 세워 두고 힘없이 바닥에 주저앉고 말았어요. 그제야 선인장이 꾹 다물고 있던 입을 열었어요.

"내가 물을 주면 넌 나에게 뭘 해 줄 건데?"

선인장이 톡 쏘는 목소리로 말했어요.

“내가 뭘 해 줘야 하는데?”

“뭐야, 아무런 대가도 없이 물을 가져가겠다는 거야? 그럼 그렇지. 너희 인간들은 뭐든 가져갈 줄만 알았지 대가를 전혀 주지 않아. 난 그게 정말 못마땅해.”

“그게 무슨 말이야?”

선인장은 마루를 매섭게 노려보더니 화가 난 목소리로 말했어요.

“원래 이곳은 아주 멋진 풀들이 잔뜩 자라던 푸르른 초원이었어. 그런데 사람들이 불쑥 나타나더니 대가도 주지 않고 이 땅을 마구 망쳐 놓았단 말이야.”

마루는 주변을 빙 둘러보았어요. 초원은커녕 죽은 잡초만 몇 포기 있는 사막이었지요.

“정말이야? 그런데 초원이 어째서 이렇게 변한 거야?”

“사람들이 이곳에 가축을 마구 풀어 놓았기 때문이야. 엄청나게 많은 염소와 소 떼를 풀어 놨지. 그 친구들은 이곳의 풀들을 뿌리째 뽑아 먹었어. 배가 터지도록 먹고 나선 땅이 망가지고 풀이 더 이상 자라지 않으니까 이 땅을 버려둔 채 뒤도 돌아보지 않고 떠나 버렸지. 이곳에 자라던 풀들에게 고맙다는 인사도 없이 말이야.”

선인장은 불만스럽다는 듯 가시를 바짝 세웠어요.

"하지만 그건 가축들의 잘못이지, 사람들의 잘못이 아니잖아."

"넌 하나만 알고 둘은 모르는구나? 그렇게 많은 가축을 사람들이 왜 기르겠어?"

"음……. 시장에 내다 팔기 위해서?"

"그래, 맞아. 대부분 포장이 돼서 사람들이 먹을 고기로 팔려 나가지. 많은 사람이 이 고기를 살 거고, 사람들은 더 많은 고기를 팔기 위해 더 많은 동물을 초원에 놓아기르게 될 거야. 그럼 또 그만큼 넓은 초원이 사라지겠지. 초원이 사라지면 땅은 자연히 바짝 마르고 건조해져. 건조한 땅에선 우리 같은 식물들이 살 수가 없다고."

마루는 왠지 뜨끔했어요. 평소에 고기반찬을 무척 좋아했거든요. 일주일에 서너 번씩 먹을 정도였지요. 하지만 이렇게 시도 때도 없이 먹은 고기반찬 때문에 땅이 마르고, 식물들이 살 수 없게 된다고는 한 번도 생각해 보지 않았지요.

"초원처럼 풀이 자라는 땅은 한 번 파괴되면 다시 복구되기가 힘들어. 비가 와도 물을 저장할 수 없을 정도로 바짝 말라 버리지. 또 이곳 사하라 사막의 날씨는 아주 건조해서 땅을 기름지게 하는 유기물을

만드는 과정이 다른 지역보다 느려. 그런데도 사람들은 더 많은 가축을 기르려고 욕심을 부려서 이곳의 식물들을 파괴하고 토양을 망가트렸어. 땅에게 미안한 마음 같은 건 눈곱만큼도 갖지 않고 말이야. 난 그런 사람들이 정말 맘에 들지 않아."

선인장은 주절주절 불만을 잔뜩 늘어놓았어요.

마루는 선인장의 말을 더 들어 주고 싶었지만 머리가 어질어질하고 눈앞이 흐릿해져서 더 이상 버틸 수가 없었어요. 숨소리도 차츰 거칠어졌어요. 금세 탈수증에 걸릴 것만 같았어요.

"미안한데……. 나 물, 물이 너무 마시고 싶어."

힘겨운 목소리로 마루가 입을 떼자 선인장이 하던 말을 뚝 그쳤어요. 그리곤 뭔가 골똘히 생각하더니 결심한 듯 말했어요.

"좋아. 너에게 물을 나누어 줄게. 그 대신 조건이 있어."

"그게 뭔데?"

"내가 너에게 물을 주면 난 물이 부족해서 야자나무 친구처럼 곧 바짝 마르게 될 거야. 그러다가 결국은 흔적도 없이 사라지겠지. 그러니까 내가 물을 준다는 건 아주 큰 희생이라는 걸 알아야 해."

뜻밖이었어요. 마루는 선인장이 주는 물을 마시는 것만 생각했지 그 대가로 선인장이 말라 죽을 거라는 것은 꿈에도 생각하지 못했거든요. 마루는 어쩐지 미안한 마음이 들었어요.

"우리 같은 식물들에게서 사람들은 많은 걸 얻지만, 그만큼 우린 희생되고 있어. 하지만 말이야. 우리에겐 사람들이 잘 모르는 비밀이 하나 있지."

"비밀? 그게 뭔데?"

"그건 바로, 우리는 스스로 다시 태어날 수 있는 재생 능력을 가졌다는 거야. 사람들이 욕심부리지 않고 적당히 땅을 일구고 살아가면, 땅은 죽지 않고 끊임없이 유기물을 만들어서 기름진 땅으로 다시 태어날 거야. 또 우리 식물들이 살 수 있도록 가축의 방목을 줄인다면 우린 토양을 기름지게 하고 튼튼하게 만드는 보호막 역할을 할 수 있지. 이건 우리뿐만 아니라 지구 전체를 건강하게 만드는 일이야. 그러니까 너도 약속해 줘."

선인장은 뾰족하게 세웠던 가시를 스르륵 내리며 차분한 목소리로 말을 이었어요.

"어떤 곳이든 식물들이 사는 땅을 망가트리지 않겠다고 말이야. 그리고 내가 희생한 대신 새 생명이 나를 대신해서 피어날 수 있게 도와줘. 약속할 수 있어?"

마루는 꼭 그러겠다고 약속했어요. 그러자 선인장이 환하게 웃었지요. 그리고 뾰족한 가시로 감싸고 있던 몸속을 열어 물을 나누어 주었어요.

마루는 톡톡 떨어지는 작은 물방울을 날름날름 받아 마셨어요. 미

끈하고 텁텁한 맛이 났지만 물이 들어가자 금세 얼굴에 생기가 돌았어요.

"선인장 친구야, 정말 고마워."

마루는 마음을 다해 선인장에게 인사했어요. 선인장은 야자나무처럼 마르고 지쳐 보였지만 애써 웃어 주었지요.

넓은 사막 한가운데 외롭게 땅을 지키고 있는 선인장을 떠나려니 마루는 마음이 무거웠어요. 하지만 지체할 수는 없었어요. 어서 빨리 오아시스 도시를 찾아야 했으니까요.

마루는 선인장과 아쉬운 작별 인사를 한 후 서둘러 자전거를 끌었어요. 해는 점점 서쪽으로 기울어져 갔어요. 땅은 또다시 거친 모래로 변했고 곳곳에 우뚝 솟은 모래 언덕들이 나타났어요.

얼마나 걸었을까요? 갑자기 땅에서 이상한 진동이 느껴졌어요. 이윽고 저 멀리서 시커먼 구름 같은 게 몰려오는 광경이 보였지요.

"저게 뭐지?"

마루가 멍하니 검은 구름을 보고 있을 때였어요. 어디선가 다급한 목소리가 들려왔어요.

"꼬마야! 꼬마야!"

마루는 목소리가 들리는 발아래를 내려다보았어요. 도마뱀 한 마리가 마루를 올려다보고 있었지요. 도마뱀은 긴장한 듯한 목소리로 외쳤어요.

"어서 몸을 숙여. 옷으로 입과 코를 막아야 해. 어서!"

도마뱀은 펄쩍펄쩍 뛰며 안절부절못했어요. 마루는 자전거를 바닥에 눕히고 잽싸게 몸을 숙였어요. "우르르" 무서운 소리를 내며 검은 바람이 사막을 집어삼킬 듯이 몰려오고 있었어요.

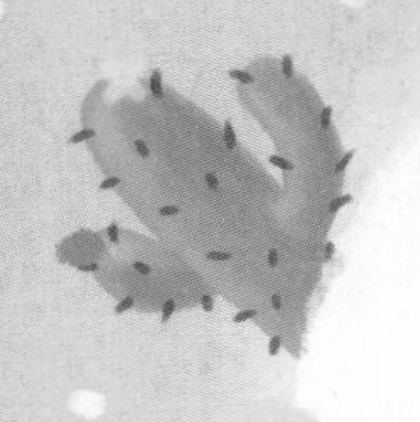

사라지는 오아시스

사막에는 사람뿐 아니라 다양한 식물과 동물이 함께 살아가고 있어요. 비가 내리지 않아도 생명이 살 수 있는 건 바로 오아시스 때문이지요. 사람과 동물, 식물은 모두 오아시스를 중심으로 살아가고, 오아시스 중심으로 생태계가 만들어진답니다.

지구의 표면 아래에는 호수와 강을 합친 것보다 훨씬 많은 양의 물이 흐르고 있어요. 사하라 사막 아래 흐르는 물은 1년 동안 지구 전체에 내릴 비의 양보다 200배나 많은 양이라고 해요. 하지만 오아시스는 자연적으로 생겨나기 때문에 사막에서 오아시스를 발견하기란 쉬운 일이 아니지요.

사막에서 오아시스만큼 중요한 건 바로 우물이에요. 사막을 떠도는 유목민들은 우물을 아주 잘 찾는답니다. 우물은 비교적 낮고 축축한 모래 밑에 숨어 있어요. 땅을 파서 축축한 모래가 나오면 물이 고이기를 기다린 후에 물을 마시는 거지요. 너무 깊이 파면 소금기가 섞여 있어 물을 마시기가 힘드니 조심해야 한답니다.

사하라 사막에 생기는 오아시스는 낮은 웅덩이에 지하수가 솟아 나와 마치 샘처럼 고인답니다. 이런 샘 오아시스를 만들기는 매우 힘들어요. 오랜 시간 동안 바람에 의해 토양이 깎이면서 오아시스가 자연스럽게 겉으로 드러나는 원리거든요.

그런데 사막화로 인해 사하라 사막의 오아시스들이 급격하게 줄어들고 있어요. 오랜 가뭄 때문에 물이 마르기도 하지만, 대부분 사람들에 의해 오아시스가 사라져요. 사람들이 오아시스를 식수로 사용하고 많은 가축에게 먹이는데, 지나친 방목은 오아시스 근처의 초지들을 사라지게 하고 여러 종의 식물도 없애지요.

사막의 뜨거운 온도 때문에 우리 인간의 몸에서는 시간당 1리터가 넘는 물이 빠져나간답니다. 그래서 사막에서 오아시스가 사라지면 사람들은 살아갈 수가 없어요. 생명을 지키는 소중한 물, 우리 모두 물을 아껴 쓰도록 해요!

무시무시한 모래 폭풍

바람이 사막을 휩쓸었어요. 몸이 휘청거리고 날아갈 것만 같은 엄청난 위력의 바람이었어요. 마루의 주위는 온통 주홍빛 먼지로 뒤덮였지요.

잠시 후, 바람이 잦아들자 마루는 눈을 떴어요. 뿌연 먼지 때문에 한 치 앞도 보이지가 않았지요. 눈이 따끔거리고 목도 칼칼했어요.

마루는 콜록콜록 기침을 하며 자전거를 찾았어요. 앞이 보이지 않아 더듬더듬 손을 뻗었지요. 순간, 가슬가슬하고 차가운 무언가가 마루의 손에 잡혔어요. 손가락으로 더듬더듬 만져 보니 제법 딱딱했어

요. 마루는 그것을 쭉 잡아당겨 보았어요.

"아야!"

비명에 놀란 마루가 얼른 손을 떼었어요. 자세히 보니 조금 전에 만났던 도마뱀이었지요.

"아, 너였구나! 괜찮니?"

"응, 난 괜찮아. 너는? 다친 데 없니?"

도마뱀이 걱정스러운 얼굴로 물었어요. 마루는 괜찮다며 고개를 끄덕이며 물었어요.

"그런데 좀 전에 지나간 건 뭐야?"

"모래 폭풍이야. 폭풍처럼 불어오는 모래바람인데, 여기 말로는 캄신이라고 불러."

"캄신? 그런데 갑자기 왜 그런 바람이 분 거야? 태풍이 오는 것도 아닌데 말이야."

"그건 사막 날씨가 워낙 건조하기 때문이야. 여긴 낮과 밤의 기온차가 무척 커서 밤이 되면 낮 동안 뜨거워졌던 공기가 위로 올라가거든. 그럼 차가운 공기는 아래로 내려가는 대류 현상이 일어나. 그 현상 때문에 두 개의 공기 덩어리가 부딪치면서 강력한 바람이 부는 거지. 동물이나 사람들이 무척 싫어하는 바람이야."

"왜 싫어하는데?"

"모래 폭풍이 한 번 지나갈 때마다 대기가 건조해져서 사막이 더 뜨거워지거든."

마루의 눈이 동그래졌어요. 안 그래도 뜨거운데 더 뜨거워지다니 한숨이 절로 나왔지요.

"그뿐만이 아니야. 모래 폭풍은 하루에도 몇 번씩 불어온단 말이야. 그게 다 지구 온난화 때문이지."

"지구 온난화가 모래 폭풍이랑 무슨 상관인데?"

마루가 궁금한 듯 묻자, 도마뱀은 마치 선생님처럼 손가락 하나를 까딱거리며 설명했어요.

"식물들이 자라는 땅은 온도가 1도만 올라가도 금방 건조해져. 땅이 푸석푸석 마르면 바람에 먼지들이 나풀나풀 날아올라 거대한 모래 폭풍이 만들어지지. 원래 이곳도 40년 전에는 가뭄이 이렇게 심하진 않았는데, 지구 온난화가 심해지면서 비가 내리는 날이 줄어들더니 모래 폭풍도 자주 불기 시작했어."

"그럼 지구 온난화를 막으면 가뭄도 줄어들고 모래 폭풍도 자주 불

지 않겠네?"

도마뱀이 머리를 주억거렸어요.

"너도 지구가 따뜻해지는 지구 온난화가 심각한 문제라는 사실을 알고 있지?"

도마뱀이 물었어요. 마루는 아빠에게 여러 번 들어 알고 있었어요. 아빠는 늘 지구 온난화를 걱정하면서 이것저것 잔소리를 했지요. 에어컨 말고 선풍기를 틀어라, 컴퓨터를 쓰지 않을 땐 전원을 꼭 꺼야 한다 등등의 잔소리였어요.

"무엇보다 지구 온난화를 막기 위해선 대기 오염을 줄이는 게 중요해. 대기 오염은 지구를 따뜻하게 만드는 온실 효과를 일으키는 가장 큰 원인이거든. 이산화탄소를 줄이는 것도 중요하지. 온실 효과를 일으키는 원인의 60퍼센트를 차지하는 것이 바로 이산화탄소니까."

"이산화탄소? 그걸 줄이려면 어떻게 해야 하는데?"

"그야 나보다 네가 더 잘 알고 있지 않아?"

"그게 무슨 말이야?"

"이산화탄소를 만들길 좋아하는 건 인간들이니까. 사람들은 석유나 가스, 석탄 같은 화석 연료를 사용해 쉬지 않고 엄청난 양의 이산화탄소를 만들어 내지. 너도 날마다 아주 많은 양의 이산화탄소를 만들고 있지?"

마루는 입술을 삐죽 내밀었어요.

"난 그런 적 없어."

도마뱀은 시치미를 떼는 마루가 재미있다는 듯 낄낄낄 웃었어요.

"너 평소에 과자를 즐겨 먹지?"

실컷 웃고 난 도마뱀이 뜬금없이 과자 얘기를 꺼냈어요. 마루는 고개를 끄덕였어요. 거의 날마다 먹을 정도로 과자를 무척 좋아했거든요. 짭짤하고 달콤한 과자와 새콤하고 시원한 음료수가 없는 세상은 상상할 수도 없었지요.

"과자를 먹는 게 뭐가 어때서?"

"과자는 대부분 밀로 만들어. 아주 많은 양의 달콤한 설탕도 들어가고. 밀이나 사탕수수를 재배하기 위해선 비료나 농약을 뿌리겠지?"

마루는 고개를 끄덕였어요. 도마뱀은 한껏 목소리를 높였어요.

"비료와 농약을 만드는 과정에서도 석유가 쓰이는 거 알아? 또 그렇게 만들어진 과자는 대부분 봉지에 담겨져 나오지? 그 봉지를 만드는 데도 석유가 필요하지. 비닐 제품이나 음료수 병을 만드는 데 많

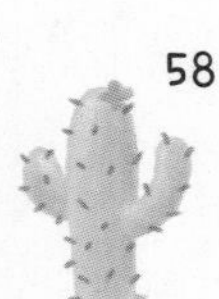

이 쓰이는 플라스틱 제품도 모두 석유를 사용해 화학 처리해. 그뿐인 줄 알아? 네가 사용하는 장난감이나 입는 옷, 신발, 가방 등을 만들 때도 화석 연료가 쓰이고, 음식을 가공할 때도 쓰이지."

도마뱀은 평소 화석 연료가 사용되는 곳을 줄줄이 늘어놓았어요. 마루는 사람이 살아가는 데 그렇게 많은 화석 연료가 쓰이고 있다는 걸 처음 알았지요. 만약 화석 연료 자원이 떨어지면 사람들은 하루도 살 수 없을 것만 같았어요.

"하지만 그렇게 사용되는 화석 연료만으로 대기가 오염되는 건 아니야. 사람들이 먹고 남긴 음식물 쓰레기 때문에 대기가 오염되기도 하거든."

"음식물 쓰레기가 왜?"

"음식물이 부패하는 과정에서 혐기성 박테리아라는 세균이 번식해. 이 박테리아에서는 메탄가스가 나오지. 메탄가스는 대기 중에 섞이면 지구를 감싸고 있는 오존층에 도달해 지구를 보호하는 보호막을 파괴해. 그 때문에 지구 온난화가 더 심각해지는 거야. 또 음식 쓰레기를 태울 때 나오는 연기도 대기를 오염시키고 말이야."

마루는 학교 급식을 남긴 적이 많았어요. 좋아하는 햄이나 튀김이

아니라 당근이나 양배추 같은 야채가 나올 때면 더 많이 남겼지요.

'내가 아무 생각 없이 남기는 음식들이 대기를 오염시키고 있었다니…….'

마루는 머리를 긁적이며 반성했어요.

"그럼 대기 오염을 막기 위해 내가 할 일은 없을까?"

도마뱀이 씽긋 웃으며 말했어요.

"넌 이미 아주 작은 실천을 하고 있잖아."

"무슨 실천?"

마루는 눈을 말똥말똥 뜨며 물었어요.

"자전거 말이야. 아까 보니까 자전거가 있던데……. 자전거를 타면 이산화탄소가 배출되지 않기 때문에 지구의 공기를 깨끗하게 만드는 데 아주 좋은 역할을 하지."

"자전거가 그런 역할을 한다고?"

그때 번뜩 사라진 자전거가 생각났어요. 주위를 둘러보자 저 멀리 뭔가 반짝 빛이 나는 게 보였지요. 마루가 얼른 뛰어가 모래흙을 파헤치자 낡은 자전거가 모습을 드러냈어요.

어느덧, 뉘엿뉘엿 해가 지고 있었어요. 해가 사라지려 하자 반대편에서는 동그란 달이 떠올랐지요. 꼭 하늘에 쌍둥이 달이 떠 있는 것 같은 신기한 풍경이었어요.

"이제 추워질 테니까 난 이만 집으로 돌아가 볼게."

도마뱀이 말했어요.

“추워지다니? 그게 무슨 말이야?”

“여긴 낮과 밤의 기온 차이가 크다고 했잖아. 최고 68도까지 차이가 난단 말이야.”

“진짜? 왜 그렇게 차이가 나는데?”

“모래는 태양의 열기를 받아들여 빨리 뜨거워지지만 빨리 식기도 해. 작은 모래 알갱이는 열을 저장하는 힘이 부족해 해가 뜨지 않는 밤이면 아주 차가워지지. 그래서 주변 온도도 덩달아 내려가고.”

도마뱀은 꼬리를 바짝 세우며 인사를 했어요.

“그럼 안녕! 밤이 되면 사막이 살아나니까 조심해서 가야 해.”

마루가 미처 대답할 새도 없이 도마뱀은 뒷발로 툭툭 흙을 치더니 재빠르게 달려가 버렸어요.

‘밤이 되면 사막이 살아난다고?’

혼자 남은 마루는 그저 고개만 갸웃거렸지요.

사막에서 살아남기!

마루는 어두운 밤길을 조심조심 걸었어요. 도마뱀이 말한 대로 밤이 되자 정말 엄청난 추위가 밀려왔어요. 낮 동안 뜨거웠던 모래도 차갑게 식어 버렸지요. 한여름에서 갑자기 겨울로 시간 여행이라도 온 것만 같았어요.

마루는 자전거에 걸어 두었던 외투를 다시 걸쳤어요. 외투 깃을 최대한 잡아당겨 몸을 감쌌지만 차가운 냉기가 스며들었어요.

'아, 추워.'

마루는 자전거를 세워 두고 차가운 모래 바닥에 앉았어요. 하늘에

별이 하나둘 뜨더니 금세 예쁜 별무리를 만들었어요.

'지금쯤 엄마랑 아빠 날 찾고 있겠지? 경찰에 실종 신고를 했을지도 몰라.'

부모님 생각을 하자 마루는 왈칵 눈물이 쏟아질 것 같았어요. 다리는 퉁퉁 부어오르고 햇볕에 탄 얼굴도 붉게 부어올랐어요. 배도 고프고 목도 말랐지요. 어서 빨리 집으로 돌아가고만 싶었어요.

결국 참다못한 마루가 울음을 터트렸을 때였어요.

"스륵스륵, 킥킥, 쓱쓱."

갑자기 괴상한 소리들이 들리기 시작했어요. 마루는 눈물을 멈추고 이상한 소리에 귀를 기울였지요

'혹시 사막 귀신인가? 아니면 사막에 사는 괴물?'

마루는 무서워서 자전거를 꽉 움켜잡았어요. 그때 문득, 자전거 등이 생각났어요. 동그란 버튼을 누르자 자전거 등의 불빛이 모래 바닥을 훤히 비추었어요. 모래 바닥에는 수상한 구멍들이 송송 뚫려 있었지요.

"어라? 이게 무슨 구멍이지?"

마루가 구멍 안으로 손을 쏙 집어넣으려던 순간이었어요.

"안 돼! 건드리지 마!"

깜짝 놀란 마루가 소리가 나는 곳을 쳐다보았어요. 마치 새끼 고양이처럼 귀엽게 생긴 동물이 서 있었지요.

"넌 누구야?"

마루가 묻자 그 동물이 귀를 쫑긋 세우며 인사했어요.

"난 페넥 여우라고 해. 사람들은 날 사막 여우라고 부르지."

사막 여우는 마루가 생각하던 여우와 생김새가 많이 달랐어요. 금빛 털에 동그랗고 까만 눈, 길쭉한 귀가 정말 앙증맞았어요. 마루는 자기도 모르게 손을 내밀었어요.

"우와, 너 정말 귀엽게 생겼구나! 만져 봐도 되니?"

마루가 가까이 다가가려 하자 여우는 바짝 긴장한 표정을 짓더니 마루의 손을 피해 뒤로 한 발짝 물러났어요.

"싫어! 내가 가까이 가면 날 잡아가려는 거지? 아주 무서운 사람들이 우리 엄마, 아빠를 잡아갔단 말이야. 달콤한 먹이로 우리 가족을 유혹해서 철창에 가두고는 애완용으로 팔아넘겼어."

여우가 원망스러운 눈빛으로 말했어요.

"난 나쁜 사람이 아니야. 널 잡아갈 생각도 없어."

마루가 정말이라는 듯 손을 저으며 말하자 여우는 팔짱을 끼며 따지듯이 말했어요.

"치, 거짓말하지 마. 너도 여기 사막에 사는 동물들을 괴롭힌 적이 있잖아!"

"말도 안 돼. 내가 언제? 난 그런 적 없어."

"과연 그럴까? 너 동물원에 가 본 적 있지?"

마루는 고개를 끄덕였어요.

"동물원에는 내 친구들이 아주 많아. 사람들은 이곳에 서식하는 뱀이나 도마뱀을 함부로 잡아가서 동물원에 팔아넘기거든. 또 초원 지대에 사는 사자나 얼룩말, 기린, 코끼리 같은 친구도 잡아가 답답한 우리에 가두어 놓고 구경하지. 넌 그런 적 없다고 말할 수 있어?"

여우가 다그쳤어요. 마루는 할 말이 없었습니다. 주말에 엄마, 아빠랑 동물원에 놀러가서 우리 안에 갇힌 동물들을 재미있게 구경하곤 했으니까요.

"또 사람들은 겨울에 따뜻한 옷을 입으려고 우리 여우 털을 모피로 만들어 사용하잖아."

"에이, 말도 안 돼. 넌 아주 작아서 몸에 털도 별로 없는걸."

“그러니까 아주 많은 여우가 필요한 거야. 많이 잡을수록 털을 많이 빼앗을 수 있으니까. 원래 우리 페넥 여우는 열다섯 마리 정도가 함께 뭉쳐 다니며 살아. 그런데 지금은 나 혼자뿐이야. 모피를 만들기 위해 사람들이 내 친구들을 다 잡아갔거든…….”

여우가 슬픈 표정으로 말했어요. 마루는 여우가 어쩐지 가엾게 느껴졌어요.

또다시 “쓱싹, 스륵” 하는 이상한 소리가 들려왔어요. 마루는 눈을 가늘게 뜨고 모래 위를 살폈어요. 모래 구멍 속에서 뭔가가 꾸물꾸물 올라오고 있었어요.

“으악! 저, 저게 뭐야!”

마루가 안절부절못하자 여우가 우습다는 듯 말했어요.

“저건 내 친구들이야. 밤이 되면 모래를 뚫고 나오지. 한낮엔 모래가 뜨거워서 체온을 조절하기가 힘들거든. 그래서 차가운 밤에 나와 생활하는 걸 좋아해.”

마루 앞으로 지네, 뱀, 전갈, 날쥐가 나와 어디론가 우르르 몰려갔어요. 밤이 되면 사막이 살아난다더니 정말 어디서 나왔는지 동물들이 참 많기도 했어요.

"무서워할 거 없어. 지금 저 친구들은 먹잇감을 찾아 떠나려고 하는 중이니까."

"떠난다고?"

"응. 가뭄이 심해지고 사막이 늘어나면서 우리가 먹을 것이 많이 사라져 버렸거든. 그래서 밤이 되면 먹잇감을 찾으러 아주 먼 거리를 걸어 나가야 해."

그 순간, 마루의 발 앞으로 전갈 한 마리가 꼬리를 바짝 세우고 다가오는 게 아니겠어요? 마루는 너무 놀라 발로 전갈을 뻥 차 버렸어요.

"으앗! 저리 가!"

전갈은 붕 날아올라 저 멀리 모래에 콕 박혔어요. 그러자 여우가 고양이처럼 "갸르릉" 소리를 내며 화를 냈어요.

"이봐! 왜 내 친구를 못살게 구는거야?"

"전갈에게는 독이 있어! 독 때문에 죽을 수도 있단 말이야!"

"동물들이 독을 가진 건 천적으로부터 자신을 보호하기 위해서야. 사람들을 괴롭히려고 독을 가진 게 아니라고! 또 전갈은 아주 힘든 환경 속에서도 이곳 사막을 지키고 있는 고마운 친구야. 넌 몇 년 사이에 이곳에 살던 친구들이 얼마나 많이 사라졌는지 알아?"

"사라지다니? 어디로?"

"바보야, 멸종되어 가고 있다는 말이야. 전갈이나 뱀 같은 친구들은 원래 이곳 사막에서 여러 종이 살고 있었어. 그런데 지금은 물과 먹이를 구하지 못해 많은 동물이 사라졌어. 심지어 햇볕에 타서 말라 죽는 경우도 있다고. 머지않아 우리 모두 멸종될 위기에 처해 있단 말이야. 예전에 이곳에서 뛰놀던 영양이라는 친구처럼 다신 볼 수 없게 될까 봐 얼마나 걱정들을 하는데……."

"영양이 뭔데?"

“뿔이 아주 길고 갈색 털을 가진 친구야. 뿔이 나사 모양이어서 나사뿔 영양이라고도 하지. 얼핏 보면 사슴처럼 생겼는데 사슴이랑은 비교도 안 될 만큼 멋진 친구였어.”

마루는 영양이란 동물이 어떻게 생겼는지 무척 궁금해졌어요.

“영양은 관광객들이 이곳을 드나들면서 사라지고 말았어. 그 친구들은 보통 낮에 자야 하는데, 사람들이 신기하다며 자동차를 타고 사진을 찍기 위해 쫓아다녔지. 결국 체온을 조절하지 못한 그 친구들은 하나둘 죽어 갔어.”

마루는 마음이 아팠어요. 사람들이 조금만 신경 썼다면 영양 같은 동물들이 멸종되지 않았을 거라 생각하니 더 안타까웠어요.

여우는 두 손을 모으며 진지한 눈빛으로 말했어요.

“사람들은 우리가 살아가는 생태계가 얼마나 중요한지 몰라. 우릴 서슴없이 죽이고 괴롭혀서 생태계를 마구 파괴하지. 그건 사람들이 우릴 친구로 생각하지 않기 때문이야. 우린 사람들이 우리를 지구를 함께 지켜가는 친구로 생각해 줬으면 좋겠는데 말이야.”

마루는 자신을 돌아보았어요. 마루 역시 그동안 동물들을 친구로 생각하지 않은 것 같았어요. 때론 함부로 대하기도 했고요. 마루는 주

먹을 불끈 쥐었어요.

“좋아. 난 앞으로 모든 동물들을 친구로 생각할 거야. 전갈 같은 동물들도 싫어하지 않고 말이야.”

마루가 큰 소리로 말하자 여우가 빙긋 웃으며 경계를 풀고 마루에게 다가왔어요. 그리고 마루가 잠들 때까지 친구처럼 곁에서 지켜 주었지요. 여우의 보드라운 털 때문인지 마루는 밤새 따듯하게 잠을 잘

수 있었어요.

소리 없이 사막의 시간이 흘렀어요. 어느새 푸르스름한 새벽이 밝아 왔지요. 마루가 눈을 뜨자 밤에 만났던 여우는 이미 사라지고 없었어요.

마루가 기지개를 켜며 막 몸을 일으키려던 순간이었어요. 저 멀리 한 무리의 사람들이 마루를 향해 다가오는 것이 아니겠어요?

얼굴에 검은 천을 칭칭 감은 키 큰 남자들과, 긴 치마를 입은 여자들이었어요. 그 낯선 사람들은 허리에 반달처럼 생긴 긴 칼을 차고 있었어요. 그들을 본 마루는 물벼락이라도 맞은 듯 정신이 말짱해졌어요.

"사, 사람이야. 사람들이 오고 있어!"

떠돌이 유목민

사람들은 모두 낡은 천 꾸러미를 들고 있었어요. 두 마리의 당나귀 등 위에는 겹겹이 쌓아 올린 짐들이 잔뜩 실려 있었지요. 마치 피난이라도 떠나는 것 같았어요.

얼굴을 천으로 감싼 채 눈만 보이는 남자들은 마루를 신기한 듯 바라보았어요. 구경이라도 난 듯 우르르 마루 앞에 몰려와 마루에게 말을 걸었지요.

"넌 어느 나라 사람이냐?"

유독 눈이 큰 아저씨가 물었어요. 마루는 쭈뼛거리며 대답했어요.

"전 한국이라는 나라에서 왔어요."

그러자 모두들 웅성거렸어요. 한국이 어느 나라인지 모르는 모양이었어요. 마루는 잔뜩 주눅이 들어 몸을 움츠렸어요. 이상한 옷을 입고 얼굴을 가린 그 낯선 사람들이 혹시라도 갑자기 돌변해 자신을 위협할까 봐 조마조마했지요. 쿵쿵 뛰는 심장을 진정시키며 마루가 작은 목소리로 물었어요.

"그런데 아저씨들은 누구세요?"

그러자 체격이 큰 족장처럼 생긴 아저씨가 나섰어요.

"우린 이곳 사하라를 떠도는 보로로 부족이란다. 아주 많은 가축을 이끌고 풀이 있는 곳을 찾아 이동하며 생활하는 유목 민족이지."

'유목 민족?'

마루는 주위를 둘러봤어요. 가축이라곤 짐을 진 당나귀 두 마리뿐이었지요.

"그런데 왜 당나귀가 두 마리밖에 없나요?"

마루가 의아한 듯 묻자 족장이 깊은 한숨을 내쉬었어요.

"원래는 붉은색이 도는 암소와 낙타들을 길렀단다. 그런데 지독한 가뭄 때문에 떼죽음을 당하고 말았지. 우리뿐만 아니라 이곳 사하라 사막에 살던 전체 가축의 80퍼센트가 가뭄으로 사라져 버렸단다.”

족장 아저씨는 마음이 아픈지 눈을 지그시 감았다 떴어요. 얼굴을 감싼 천 때문에 어떤 표정을 짓는지는 잘 보이지 않았지요.

“그런데 아저씨들은 왜 얼굴을 가리고 있나요?”

“이건 터번이라고 하는 거야. 강한 햇빛과 모래바람을 막아 주는 우리의 전통 머리 장식이지. 우리 보로로 부족은 아랍인의 혼혈 종족인데, 예로부터 우리 부족 남자들은 얼굴을 가리고 눈만 내놓고 다니는 풍습이 있단다. 여자들은 얼굴을 가리지는 않지만 대신 문신을 하지.”

마루는 몇몇 부족 아주머니들을 슬그머니 쳐다봤어요. 얼굴 이곳저곳에 문신을 하고 큰 귀걸이로 멋을 낸 모습이 어쩐지 무섭게 느껴졌지요. 그때 얼굴에 문신이 있는 한 아주머니가 마루 곁으로 다가왔어요.

“얘야, 너 밥은 먹은 거니?”

아주머니가 걱정스러운 목소리로 물었어요. 마루는 세차게 고개를 가로저었어요. 아주머니는 동그랗게 싼 보따리를 풀더니 노르스름한 빵 하나를 꺼냈어요.

“우와, 빵이다! 고맙습니다!”

무척 배가 고팠던 마루는 빵을 냉큼 받아먹었어요. 질기고 퍽퍽해서 맛은 없었지만 어찌나 배가 고팠는지 순식간에 허겁지겁 먹어 치웠어요.

빵을 먹고 나니 목이 말랐어요. 마루가 목이 마르다는 듯 가슴을 치자 아주머니가 물통에서 물을 따라 마루에게 건넸어요. 아주 시원한 물이었어요. 마루는 물을 벌컥벌컥 마셨지만 여전히 아쉬움이 남았지요.

“빵을 좀 더 먹을 수 없을까요?”

마루가 묻자 아주머니가 난감한 얼굴로 말했어요.

“미안하구나. 그게 내가 오늘 먹을 식량의 전부란다.”

마루는 무척 놀라서 소리쳤어요.

“오늘 먹을 식량이라고요?”

“그래, 우린 가뭄이 들면 먹을 걸 구하기가 힘들기 때문에 하루에 빵 한 조각과 물 한 모금으로 버텨야 하거든.”

마루는 괜스레 미안해졌어요. 마루가 먹은 빵 때문에 아주머니가 하루 종일 굶어야 한다고 생각하니 죄송한 마음에 저절로 고개가 숙여졌지요.

“미안해하지 않아도 된단다. 우린 먹지 못하고 마시지 못하는 것에 불평하지 않는 부족이거든. 물과 음식을 나누어 주는 자연에 늘 감사할 뿐이지.”

‘먹지 못하고 마시지 못하는 걸 불평하지 않는다고?’

마루는 아주머니의 말이 이상하게 느껴졌어요.

“아주머니는 이렇게 험한 사막에서 사는 게 좋으세요?”

“물론 힘이 들지. 하지만 우린 오랫동안 자유를 즐기며 사막을 떠도

는 유목 민족이야. 사막 국가들을 떠돌면서 식량과 물을 구하며 살아야 하지만 결코 사막에 사는 걸 후회하지 않는단다. 하지만 머지않아 우리도 난민이 될지 모르지."

"난민이 뭔데요?"

"인종이나 종교, 정치적인 이유로 괴롭힘을 당하는 사람들을 난민이라고 해. 그런데 이곳 사하라 사막에선 고향이 사막으로 변해 버리거나 먹을 것과 물이 없어서 할 수 없이 다른 나라로 떠나 살아야 하는 난민들이 많단다."

아주머니는 씁쓸한 표정을 지으셨어요.

"넌 이곳 사헬 지역이 어째서 죽음의 땅이 된 줄 아니?"

마루는 고개를 저었어요. 부족 아주머니는 마치 옛날이야기를 들려주듯 차분한 목소리로 말했어요.

"아주 오래전, 이곳 아프리카 땅은 자원이 무척 풍부한 대륙이었지. 이곳에 사는 유목민들은 욕심부리지 않고 꼭 필요한 만큼의 적은 가축을 기르며 순박하게 살고 있었단다. 그런데 우리가 가진 자원을 탐내던 몇몇 국가들이 총을 들고 와서 우리를 위협하기 시작한 거야. 이곳 아프리카 원주민들을 마음대로 노예로 부리고, 자원도 마구 빼

앗아 갔단다. 또 아주 싼값에 자원을 가져가기 위해 몇몇 국가들을 오랫동안 식민지로 만들었어. 우리 보로로 부족의 고향인 니제르도 1904년부터 1960년까지 프랑스의 식민 지배를 받았단다."

마루는 무척 놀랐어요.

'보로로 족도 우리나라처럼 아픈 역사를 가지고 있었다니.'

마루는 어쩐지 보로로 부족 사람들이 가깝게 느껴졌어요.

"그런데 문제는 땅에 사람들이 너무 많아진 거야. 점점 가난해진 이곳 사막 국가들이 노동력을 기르기 위해 인구를 늘리기 시작했거든. 이곳 사헬 지대도 1950년부터 인구가 두 배로 늘었단다. 인구가 증가하면서 식량과 물이 부족해졌는데 거기다 가뭄까지 겹치면서 이곳 사헬은 죽은 땅이 되어 버린 거지."

아주머니는 먼 하늘을 물끄러미 바라보며 말을 이었어요.

"우리는 다시 이곳이 예전처럼 살아나길 바라고 있단다. 어딜 가든 풀이 자라고 우물이 있는 그런 사막이 되길 기다리고 있지. 부디 그날까지 갈 곳을 잃은 난민이 되지 말아야 할 텐데……."

그때 족장 아저씨가 신호를 보내듯 손을 번쩍 들었어요. 그러자 사람들은 주섬주섬 짐을 싸며 떠날 준비를 했어요. 족장 아저씨가 마루에게 물었어요.

"너도 우리랑 함께 가지 않을래?"

마루는 사람들과 헤어져 위험한 사막을 혼자 걸어야 한다고 생각하니 눈앞이 깜깜했어요. 하지만 마루는 고개를 저었어요.

"아니에요. 전 찾아야 할 곳이 있어요."

"그래, 그럼 조심해서 가거라. 꼭 생명을 찾길 바란다."

"생명을 찾다니 그게 무슨 말이에요?"

"이곳에서 생명을 찾으라는 말은 곧 물을 찾으라는 말이야. 우리의 오랜 속담이지. 새가 날아가는 곳을 잘 지켜보렴. 그곳에 오아시스가 있을 테니까."

마루는 보로로 부족 사람들에게 손을 흔들었어요. 부족 사람들은 하루에 빵 한 조각으로 버티면서 먼 길을 걷는 것이 힘들 텐데도 웃으며 사막을 걸어갔어요.

어느새 수평선 너머로 해가 떠올랐어요. 순식간에 모래가 뜨겁게 달아올랐지요. 마루도 다시 힘을 내서 오아시스 도시를 찾아 걷기 시작했어요.

한참을 걷는데, 모래사막 한가운데 웬 팻말 하나가 세워져 있는 것이 보였어요. 팻말에는 꼬불꼬불 글씨가 쓰여 있었어요. 길가에 자전거를 세워 놓고 팻말 앞으로 가서 막 글씨를 읽으려던 참이었는데, 마루는 갑자기 땅이 가라앉는 묘한 느낌을 받았어요.

“너무 더워서 그런가? 세상이 가라앉는 것 같네.”

그때 팻말에 쓰인 글씨가 눈에 들어왔어요. 마루는 뒤통수를 ‘꽝’ 하고 얻어맞은 것 같았지요. 팻말에는 이렇게 쓰여 있었거든요.

호수를 지켜라!

"살려 주세요!"

휑한 모래벌판에 마루의 목소리가 울려 퍼졌어요. 마루는 점점 땅 속으로 가라앉고 있었어요. 발버둥을 칠수록 더 깊이 빨려 들어갔지요. 배가 납작하게 눌린 축구공처럼 모래에 눌려 옴짝달싹할 수가 없었어요. 마루는 너무 무서웠어요. '보로로 부족을 따라갈걸.' 하며 후회했지요.

그때였어요. 어디서 나타났는지 염소 한 마리가 뒤뚱거리며 마루 앞을 지나가는 게 아니겠어요?

"거기서 뭐 해?"

염소가 마루를 멀뚱히 내려다보며 물었어요.

"보면 몰라? 모래 늪에 빠졌잖아."

"히히, 살다 보니 별 희한한 꼴을 다 보는군."

염소가 얄궂게 히죽거리더니 모르는 척 그냥 지나가려 했어요.

"그냥 가는 거야? 나 좀 도와줘!"

마루가 다급하게 소리쳤어요. 염소는 마루를 뚫어지게 보더니 퉁명스럽게 말했어요.

"내가 왜? 널 도와줬다가 날 잡아먹거나 가축 시장에 팔아넘길지도 모르잖아."

염소는 의심스럽다는 눈을 가늘게 뜨고 마루를 보았어요.

"난 널 잡아먹을 생각 같은 거 없어. 정말이야!"

염소는 잠시 고민하더니 뭔가 생각난 듯 말했어요.

"그럼 내 부탁 하나만 들어줄래? 난 벌써 이틀 째 물을 마시지 못했어. 먹을 것도 없어서 사람들이 버린 음식 쓰레기까지 주워 먹었어. 이대로 물을 마시지 못하면 곧 죽을지도 몰라. 그러니까 네가 이 근처에 있는 호수에 가서 물을 구해다 줘."

"이 근처에 호수가 있어?"

그토록 바라던 물이 있다는 말을 듣자마자 마루의 눈빛이 반짝이기 시작했어요.

"그래, 이렇게 모래 늪이 있는 것도 호수가 있다는 증거야. 지하수가 땅 표면 아주 가까운 곳을 흐르고 있기 때문에 이런 모래 늪이 생기지."

"그런데 왜 내가 가야 해? 호수라면 누구나 가서 마음껏 마셔도 되는 거 아니야?"

"물론 옛날엔 그랬지. 그런데 지금은 아니야. 아무나 물을 함부로 먹지 못하게 무서운 사람들이 지키고 있거든. 그러니까 내 대신에 네가 가서 그 물을 구해다 줘. 그러겠다고 약속만 하면 나도 널 거기서 꺼내 줄게."

마루는 마음이 급했어요. 벌써 가슴까지 모래 속에 잠기고 있었거든요.

"좋아. 그렇게 할게."

"자, 내 뿔을 잡아."

마루가 손을 뻗었어요. 염소는 몸을 최대한 늘어트려 머리에 달린

작은 뿔을 마루 쪽으로 내밀었어요. 마루는 뿔을 꽉 움켜잡았지요. 염소가 한 발짝씩 물러나자 마루의 몸이 모래 늪 속에서 서서히 빠져나오기 시작했어요. 얼마 지나지 않아 마루는 갑갑한 늪에서 완전히 벗어날 수 있었지요.

"염소야, 정말 고마워. 너 때문에 살았어."

"인사는 나중에 하고, 어서 가자. 호수에 가서 물을 마셔야지."

물 마실 생각을 하자 기분이 좋아졌는지 염소가 콧노래를 부르며 앞장섰어요. 마루는 자전거를 끌고 염소 뒤를 따라갔지요. 한참을 걷자 저 멀리 호수가 보였어요.

호수 주변에는 발목까지 오는 푸른 풀들이 잔뜩 우거져 있었어요. 염소는 수풀 속에 몸을 숨기더니 저 멀리 사람들을 가리켰어요.

"저기, 총을 들고 감시하는 사람들이 보이지?"

염소가 가리키는 곳에 두 명의 남자가 늠름한 모습으로 호수를 지키고 있었어요. 남자들은 어깨에 긴 장총을 메고 있었지요.

"이 호수가 뭔데 사람들이 저렇게 감시하는 거야?"

"넌 차드 호도 모르니? 이곳 아프리카에선 아주 유명한 호수잖아."

"차드 호?"

"차드는 이곳 말로 넓은 수면이란 뜻이야."

마루는 호수를 바라보았어요. 꼭 조롱박 모양처럼 생긴 호수는 수면이 낮고 그리 넓어 보이지도 않았어요. 동네에 있는 공원 호수보다 못했지요.

“이렇게 작은데 뭐가 넓다는 거야?”

“물론 지금은 작지만, 처음엔 아주 큰 호수였어. 세계에서 여섯 번째, 아프리카에서 두 번째로 큰 호수였지. 아프리카 사막 나라인 차드, 카메룬, 나이지리아, 니제르까지 네 나라에 걸쳐 있을 정도로 어마어마하게 컸어. 그런데 30년 사이 면적이 10분의 1로 줄어들고 말았지.”

“정말이야? 어째서?”

“가뭄이 들자 사람들이 서로 물을 차지하려고 차드 호의 물을 마구 퍼 나르기 시작했어. 그렇게 가져간 물로 농사를 짓고, 가축들에게 먹이고, 식수로도 사용했지. 물이 심하게 줄어들자 민물고기가 90퍼센트 이상 사라지고 이곳의 초지들도 죽기 시작했어. 그래서 보다 못한 사람들이 총을 들고 이곳을 지키기 시작한 거야. 하지만 이 호수 물을 지키는 진짜 이유는 따로 있어. 앞으로 닥쳐올 엄청난 재앙을 막기 위해서야."

염소가 갑자기 진지한 목소리로 말했어요.

"재앙이라니? 그건 또 무슨 소리야?"

"차드 호가 모두 마르면 이곳 물로 생계를 유지하는 2,000만 명의 주민이 위험에 처하게 되거든. 어쩌면 아주 무시무시한 물 전쟁이 일어날지도 몰라."

"물 전쟁이라고? 말도 안 돼. 물 때문에 전쟁이 나다니……."

마루는 한국에서는 쉽게 마실 수 있는 물로 인해 어마어마한 전쟁이 벌어진다는 사실을 믿을 수가 없었어요.

"이곳 사막 나라 사람들은 물과 자원을 구하기 위해 지금도 서로 분쟁을 벌이고 있어. 물이 귀한 사하라 사막에선 자주 있는 일이지. 그런데 차드 호가 줄어들면 물 전쟁이 더 심각해질 거야. 그럼 지구

전체에 재앙이 퍼져 나갈 거고."

"지구 전체라고? 그게 왜 지구 전체에 재앙을 일으키는 거지?"

"차드 호가 마르면 아프리카 사막은 더욱 뜨거워지겠지? 그럼 지구 온난화가 심해져 물은 더욱 부족해질 거야. 그렇게 되면 돈을 주고 물을 사 먹는 나라들은 어떻게 되겠어?"

"그야, 물값이 오르겠지."

"그래, 맞아. 이렇게 계속 지구의 물이 마르면 물이 석유보다 비싸져서 머지않아 금이나 다이아몬드보다 물이 더 귀하게 여겨지는 날이 올 거야. 그럼 물을 구하기 위해 싸워야 하고 기업은 돈을 더 벌기 위해 물값을 계속 올리겠지. 결국 물이 다 마르면 세계 모든 나라는 이곳 사하라 사막처럼 변하게 될지도 몰라."

마루는 미래에 물을 구하기 위해 서로 싸우는 모습을 상상해 보았어요. 그리고 사막으로 변한 마루의 동네를 떠올렸지요. 생각만 해도 끔찍했어요.

"차드 호가 마르지 않게 하는 방법은 없어?"

"무엇보다도 물을 아껴 써야겠지. 너 사과 한 개를 씻을 때 물이 얼마나 들어가는 줄 알아?"

"글쎄……. 잘 모르겠는데?"

"70리터의 물이 소비돼. 그런데 소고기 300그램에는 물이 4,500리터나 소비되지. 고기 대신 채소를 많이 먹으면 그만큼 물을 절약할 수 있다는 뜻이야. 그러니 물을 아끼고 싶으면 날 먹을 생각 같은 건 꿈도 꾸지 마. 알겠어?"

염소가 작은 뿔을 치켜들며 말했어요. 마루는 그 모습이 우스꽝스러워 피식 웃음이 나왔지요.

"그리고 적은 양의 물도 우습게 보면 안 돼. 그래야 이곳 차드 호를 지킬 수 있을 거야."

염소가 말했어요. 마루는 문득 아빠가 떠올랐지요. 염소가 한 말은 아빠가 했던 말과 똑같았어요. 그땐 잔소리로만 들렸는데, 마루는 어쩐지 아빠의 말을 건성건성 들은 것이 후회가 되었어요.

그때였어요. 언제 나타났는지 총을 든 남자들이 마루 곁으로 다가오고 있었어요. 염소가 바들바들 떨며 속삭였어요.

"저 사람들한테 걸리면 날 잡아먹을지도 몰라."

염소는 두려운 눈빛으로 말했어요. 마루는 뭔가 좋은 방법이 없을까 머리를 굴렸어요. 신경을 곤두세우고 생각해 봐도 답이 나오지 않

았어요. 선불리 도망쳤다가는 물 도둑으로 몰려 더 혼이 날 것만 같았지요.

"좋아. 네가 모래 늪에서 날 구해 줬으니 이번엔 내가 널 구해 줄 차례야."

마루는 용기를 내서 벌떡 일어나 자전거를 끌고 수풀 밖으로 나갔지요. 총을 든 남자들이 마루를 발견하고, 빠른 동작으로 총을 들어 마루를 향해 겨누었어요.

아찔한 순간, 기막힌 일이 일어났어요. 기적처럼 주변이 온통 시커멓게 변하는 것이었어요. 하늘에 먹구름이 끼기 시작하더니 빗방울이 떨어져 내렸어요. 마루는 믿을 수가 없었어요. 총을 든 남자들도 돌덩이처럼 굳어 비가 내리는 하늘을 바라보았어요.

기회를 놓치지 않고 염소는 반대 방향으로 달아나 버렸어요. 하지만 남자들은 갑작스럽게 어두워진 하늘을 바라보느라 염소도 보지 못하고 이렇게 외쳤어요.

"비야! 비가 오고 있어!"

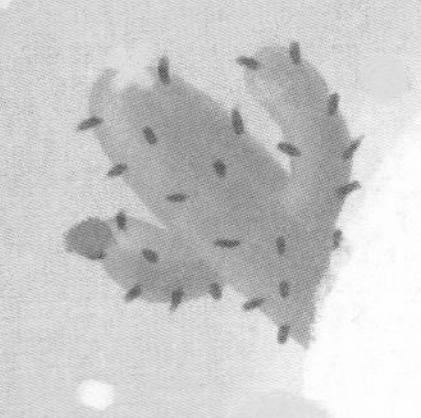

갈 곳 잃은 환경 난민

환경 난민이란 가뭄, 폭설, 지진, 사막화와 같은 자연재해로 인해 환경이 악화되어 기존의 생활을 유지하기 힘들어진 사람들을 말합니다. 특히 사막화는 물 부족, 생태계 악화, 초지 소멸, 농경지 퇴화로 이어져 엄청난 숫자의 환경 난민들을 만들어 내고 있지요.

하루하루 부족한 식량으로 버티며 집이 아닌 곳에서 불안하게 살아야 하는 난민들은 우리가 상상할 수 없을 정도로 비참한 생활을 하고 있어요. 이런 난민은 전 세계에 2,100만 명이 넘는답니다. 그중 900만 명 정도는 어린아이들이에요. 40년 후의 미래에는 환경 난민들이 1억 명이 넘는다고 하니 무서운 일이 아닐 수 없어요.

그렇다면 환경 난민이 늘어나는 건 누구의 책임일까요? 난민 문제는 선진국과 산업화된 국가들의 책임이기도 하답니다. 갑작스럽게 환경 난민이 증가하는 원인은 지구 온난화의 영향 때문이거든요. 선진국과 산업화된 국가들은 경제 발전과 풍요로운 생활을 위해 넓은 숲을 파괴해 왔어요. 또 화석 연료 사용을 늘려 엄청난 양의 온실가스와 이산화탄소를 만들고 있답니다. 우리의 편리한 생활 습관들이 지구 온난화뿐 아니라 환경 난민들을 만들고 있는 것이지요.

환경 난민은 정치적 난민처럼 법적 보호를 받지 못하고 있어요. 그래서 생활이 무척 어렵지요. 환경 난민에 대한 국가별 대책을 세우고, 국제 차원에서 온실 가스를 줄이는 협약을 더욱 강화해야 그들이 사람다운 삶을 누릴 수 있어요.

환경 난민들에게 가장 무서운 건 우리의 무관심이에요. 지금부터라도 관심을 갖고 지구 온난화를 줄이기 위해 노력을 기울이는 어린이가 되어 주세요!

사막을 살리는 나무

비는 무섭게 내리기 시작했어요. 마치 물을 가득 담은 거대한 물 풍선이 하늘에서 뻥 터진 것처럼 와르르 쏟아졌지요.

"큰일이야. 어서 마을로 가야겠어!"

"서두르자!"

총을 든 남자들이 어두운 표정으로 말했어요. 모두들 불안한 얼굴들이었지요. 마루에게 총을 겨누던 까무잡잡한 얼굴의 남자가 말했어요.

"너도 어서 피해라. 그리고 앞으론 차드 호 근처에 얼씬거려선 안

돼. 이곳 물을 허락 없이 마시는 건 나쁜 짓이야."

남자는 마루에게 경고하고는 급하게 마을 쪽으로 뛰어갔어요. 호수를 지키는 일보다 더 중요한 일이 생겼다는 듯이 말이에요.

'왜 저러지? 무슨 큰일이라도 났나?'

마루는 어리둥절했어요.

갑자기 내린 비 때문에 마루의 온몸이 젖고 말았지만 마루는 오랜만에 기분이 좋아졌어요. 바짝 말라 있던 대기가 촉촉하게 젖어서 더위도 잊을 수 있었고, 그동안 땀에 절어 찝찝했던 몸도 말끔히 씻기는 기분이었거든요. 입을 크게 벌려 빗물도 마음껏 받아 마셨더니 갈증도 사라졌어요.

'사막에 내리는 비는 정말 고마운 존재구나.'

마루가 기쁨에 젖어 있을 때였어요. 저 멀리 마을에서 소란스러운 소리가 들리기 시작했어요. 사람들이 우왕좌왕 어디론가 이동하는 모습도 보였어요. 모두 짐을 싸 들고 가축들을 몰고 마을을 빠져나가고 있었지요.

"이상하다. 다들 어딜 가는 거지?"

마루는 자전거 방향을 틀어 마을 쪽으로 향했어요. 무슨 일이 일어났는지 궁금했거든요.

마을 입구에 다다랐을 때, 마루는 비로소 사람들이 도망치듯 빠져 나간 이유를 알게 됐어요. 세차게 내린 비 때문에 마을에 홍수가 난 거예요. 어디서 그렇게 많은 물이 밀려들었는지 마루의 무릎까지 물이 차올랐어요. 당황한 마루는 물살에 휩쓸릴까 봐 자전거를 꽉 움켜쥐었지요.

그때였어요. 마을 입구 언덕에 서 있던 나무 한 그루가 소리쳤어요.

"얘야, 이리 오렴! 여긴 안전하단다."

마루는 잠시 고민하다가 조심조심 물살을 건너 나무 곁으로 다가갔어요. 나무는 몸통이 뚱뚱한 것이 마치 살찐 당근 같았어요. 나무의 몸에는 신기하게도 커다란 구멍이 뚫려 있었답니다.

마루는 자전거를 끌고 그 구멍 속으로 쏙 들어가 비를 피했어요.

"나무야, 정말 고마워. 네가 아니었으면 큰일 날 뻔했어."

마루는 안도의 한숨을 내쉬며 구멍 안을 살펴보았어요. 구멍은 마치 동굴처럼 컴컴했어요.

"그런데 네 몸엔 왜 구멍이 뚫려 있는 거야?"

"이건 사람들이 뚫어 놓은 구멍이야. 사람들은 우리 나무들을 무척

신성하게 여기지. 그래서 우리 몸에 구멍을 뚫고 죽을 때까지 이 안에서 살곤 한단다."

"이 구멍에서 산다고?"

"응. 예전 사람들은 자주 그랬어. 그런데 요즘 사람들은 고유의 아프리카 의식을 잘 따르지 않아. 이 구멍도 아주 오래전에 뚫어 놓은 구멍이야. 참, 내 소개가 늦었네. 난 바오밥 나무라고 해."

바오밥 나무는 무척 신비스러운 분위기를 풍기고 있었어요. 생긴 건 조금 우스꽝스럽게 생겼지만 구멍 안은 무척 아늑했지요. 꼭 엄마처럼 마루를 포근하게 감싸 주는 느낌이었어요. 마루는 저 멀리 점점 잠겨 가는 마을을 멍하니 바라보았어요.

"갑자기 저렇게 되다니 믿을 수가 없어……."

마루가 겁이 나는지 팔로 몸을 감싸며 중얼거렸어요.

"사막에는 도시처럼 물이 빠져나가는 배수로가 없어. 또 토양에 모래가 많이 섞여 있어서 땅이 튼튼하지 못하지. 모래땅은 비를 흡수하지 못해서 적은 양의 비가 와도 물이 철철 넘쳐흐르게 돼. 그래서 몇 시간 만에 마을 전체가 물에 잠겨 사라져 버리는 경우도 많아. 가축도 떼죽음을 당하고 말이야."

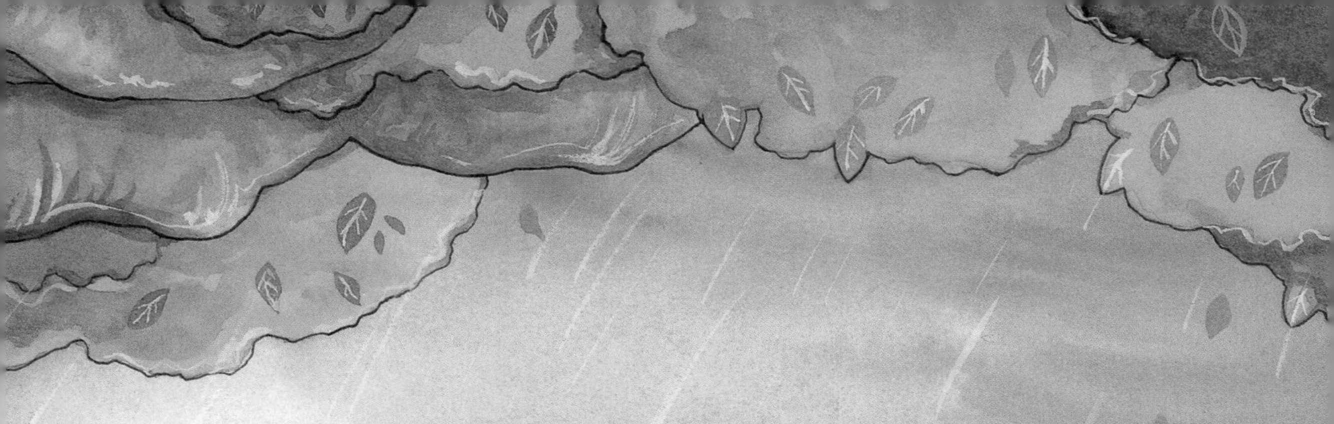

“가뭄만 무서운 줄 알았더니, 홍수는 더 무섭구나.”

그때였어요. 바오밥 나무 구멍 안으로 조금씩 빗물이 스며들고 있었어요.

“으악! 물이 구멍 안으로 들어오고 있어!”

마루가 겁먹은 얼굴로 소리쳤어요. 하지만 바오밥 나무는 괜찮다는 듯 마루를 안심시켰지요.

“걱정 마. 내가 뿌리로 물을 빨아들이면 돼. 한번 볼래?”

바오밥 나무는 “얍” 하는 기합과 함께 물을 있는 힘껏 빨아들였어요. 그러자 신기하게도 물이 스르륵 땅속으로 스며들기 시작했어요. 어느새 찰랑찰랑 차오르던 물이 쑥 줄어들었어요.

“우와, 신기하다! 어떻게 한 거야?”

“우리 나무들이 자라는 땅은 사막의 모래땅이랑 달라. 나무가 자라는 땅은 좋은 흙을 가지고 있지. 그래서 비를 땅속에 저장해 홍수나 가뭄을 막을 수 있단다.”

"만약 나무가 많았다면 이 마을에 홍수도 나지 않았겠구나."

"물론이지. 그런데 이곳 사람들은 아주 오래전에 숲에 자라던 나무들을 몽땅 베어 버렸어."

"어째서?"

"땔감을 얻기 위해서지. 아프리카 사람들은 가스를 사용할 돈이 없어. 그래서 나무를 때서 식사 준비를 하거든. 아프리카에 사는 10억 인구의 90퍼센트가 땔감에 의존해서 생활해. 1년에 1,000만 헥타르의 숲이 사람들에 의해 무분별하게 사라지고 있지."

바오밥 나무는 나무들이 잘려 나가던 기억이 생생하게 떠오르는지 몸을 부르르 떨었어요.

"그런데 더 무서운 건, 농사를 짓기 위해 산림을 마구 불태우는 거야."

마루가 무슨 말인지 모르겠다는 표정으로 쳐다보자 바오밥 나무는 이어서 말했어요.

"나무가 있는 땅은 수분이 많아서 땅이 기름지고 농사 짓기에 적당한 땅이 돼. 게다가 우리 나무를 태우면 시커먼 재가 나오는데, 그 재가 거름 역할을 해서 땅이 더욱 기름져지지. 하지만 사람들을 몰라.

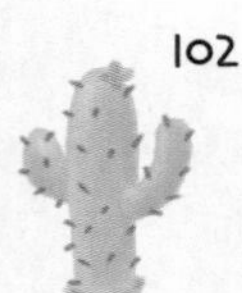

몇 해 동안은 농사가 잘 지어지지만 나무가 없는 땅은 금방 병이 든다는 걸 말이야."

바오밥 나무는 사람들이 자신의 마음을 알아주지 않아 속상해하며 울먹였어요.

순간, 갑자기 거센 물살이 밀려왔어요. 어찌나 센지 바오밥 나무가 휘청거릴 지경이었어요.

"이럴 수가……. 흙이 빗물에 씻겨 나가고 있어! 흙이 씻겨 가면 토양에 숨어 있던 영양분이 사라질 거야. 그럼 나도 땅속에 숨어 있는 맛있는 양분을 먹을 수 없어 결국 죽고 말 거야."

바오밥 나무는 필사적으로 뿌리를 뻗으며 버텼어요. 그렇게 얼마간의 시간이 흐르자 빗줄기가 조금씩 잦아들었어요.

"다행이야. 비가 그치려나 봐."

마루가 소리쳤어요. 바오밥 나무는 뿌리를 지탱하는 데 기력을 모두 써 버렸는지 무척 지친 모습이었어요.

"이제 이 땅도 머지않아 병이 들겠지? 이곳에 예전처럼 나무들이 많았다면 이렇게 병든 땅에 뿌리를 내리지 않아도 됐을 텐데……."

바오밥 나무가 고개를 푹 숙였어요. 바오밥 나무의 잎에서 눈물인지 빗물인지 모를 물방울 하나가 똑 떨어졌지요.

"힘을 내. 이제부터 내가 너희 나무들을 지켜 줄게."

"지킨다고? 어떻게 지킬 건데?"

바오밥 나무가 물었어요. 마루는 큰소리만 쳤지 언뜻 방법이 생각 나지 않았어요.

"너도 우리 나무들을 쓰잖아. 나무로 만든 연필, 책, 나무로 만든 집에 가구까지. 그런데 어떻게 우리를 지키겠다는 거야?"

마루는 아빠가 평소에 했던 말이 떠올랐어요. 아빠는 나무로 만든 종이를 아껴 쓰는 것만으로도 지구의 환경을 살릴 수 있다고 했어요.

"이제부터 종이를 아껴 쓰도록 할게. 공책도 한쪽 면만 쓰고 버리지 않고, 꼭 재생 용지를 사용하겠어."

그러자 바오밥 나무가 미소 지었어요.

"우리 나무들은 죽어 가는 지구를 살리는 치료제와 같아. 나무가 있어야 이산화탄소도 줄어들고, 신선한 공기도 얻을 수 있지. 또 숲에서 사는 동물들도 멸종되지 않을 테고. 우리가 사라지면 지구를 치료할 약이 없어서 모든 생명이 병들고 말 거야. 그러니까 꼭 우리를 지켜 줘야 해."

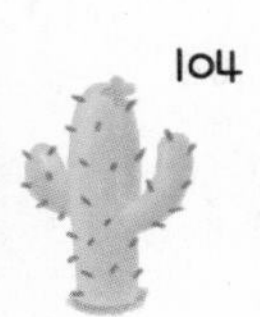

마루는 고개를 끄덕였어요. 그리고 빗물에 휩쓸려가지 않게 도와준 고마운 바오밥 나무를 향해 환하게 웃어 주었어요.

마루는 바오밥 나무와 인사를 하고 물바다로 변한 마을을 빠져나왔습니다. 그런데 막상 어디로 가야 할지 막막했어요. 날씨가 흐릿해 해가 보이지 않아 방향을 알 수 없었거든요. 하지만 어디로든 가야 했기에 다시 씩씩하게 발걸음을 옮겼답니다.

녹지를 만든다고?

마루는 자전거를 끌고 무작정 걸었어요. 한참을 걷자 거친 자갈 사막이 나왔어요. 돌멩이가 많아 울퉁불퉁해서 그런지 자전거를 끌기가 쉽지 않았지요.

'힘들다……. 조금만 쉬었다 갈까?'

이런 생각을 하다가도 마루는 고개를 설레설레 흔들고 마음을 다잡으며 다시 열심히 걸었어요. 걷다 보니 어느새 구름이 걷히고 해가 고개를 내밀었지요. 사막의 열기가 다시 대지를 감싸기 시작했어요. 금세 마루의 몸이 뜨거워지고 목이 타기 시작했어요.

“안 되겠다. 조금만 쉬었다 가자.”

지친 마루가 잠시 쉬어가려던 참이었어요. 고개를 살짝 돌리니 저 멀리 수평선 가까이에 뭔가가 보였어요. 마치 푸른 초원 같았어요.

‘에이, 사막에 무슨 초원이 있어.’

마루는 눈을 비비고 다시 그쪽을 쳐다보았어요. 그런데 정말 푸른 초원이 보이는 게 아니겠어요? 그러고 보니 하늘에 이름 모를 새 몇 마리가 그쪽을 향해 날아가고 있었지요. 마루는 보로로 부족 족장님이 했던 말을 떠올렸어요.

“오아시스 도시야! 오아시스 도시가 분명해!”

마루는 목청껏 소리쳤어요. 얼른 자전거를 끌고 힘을 내서 빠른 걸음으로 초원을 향해 걸었지요. 그런데 이게 웬일일까요? 초원에 이상한 기계들이 설치되어 있는 거예요. 자세히 보니 식물에게 자동으로 물을 뿌려 주는 스프링클러였어요.

“스프링클러가 있는 걸 보면 분명 근처에 도시가 있을 거야.”

마루는 스프링클러에서 쏟아져 나오는 물로 목을 축이고는 주변을 빙 둘러보았어요. 초원이 끝없이 펼쳐져 있었지만 우뚝 솟은 건물은 보이지 않았지요.

그때였어요. 저쪽에서 요상하게 생긴 뭔가가 움직이고 있었어요.

마루가 가까이 다가가서 보니 풀을 뜯고 있는 낙타 한 마리였어요.

낙타는 커다란 엉덩이를 씰룩대며 오물오물 풀을 씹고 있었지요. 마루는 슬그머니 다가가 낙타의 엉덩이를 톡톡 쳤어요.

그러자 낙타가 소스라치게 놀라 마루를 쳐다보았지요. 낙타는 몰래 음식을 훔쳐 먹다가 들키기라도 한 것처럼 딸꾹질을 하기 시작했어요.

"어! 너는?"

마루가 짧게 탄성을 질렀어요. 바로 맨 처음 사하라 사막에 떨어졌을 때 만난 낙타였거든요. 낙타도 마루를 알아보았는지 딸꾹질을 멈췄어요. 마루는 낙타에게 물었어요.

"뭐야, 네가 왜 오아시스 도시에 있어?"

낙타도 어리둥절한 눈빛으로 말했어요.

"무슨 말이야? 오아시스 도시라니?"

"여기가 오아시스 도시 아니니?"

마루가 말하자 낙타가 갑자기 배꼽을 잡고 웃기 시작했어요.

"하하하! 넌 여전히 우습구나? 여긴 오아시스 도시가 아니라 관개 농업장이야."

"그게 뭔데?"

"물을 인공적으로 농지에 공급해서 작물을 길러 내는 곳이지."

낙타의 말을 들은 마루는 주위를 다시 한 번 둘러보았어요. 그러고 보니 초원이라고 생각했던 그곳에는 여러 가지 작물이 잔뜩 심어져

있었지요.

"그런데 사막에 왜 이런 농업장이 있는 거야?"

"그것도 몰라? 이곳 사헬 지대가 사막으로 변하자 사람들이 만들어 놓은 거잖아. 땅이 넓은 사막을 이용해 관개 농업을 하면 다른 농업에 비해 안전하게 농산물을 생산할 수 있거든. 메마른 땅에서 재배되는 작물보다는, 물을 충분히 주면서 농사를 지을 때 더 많은 양의 작물을 거둬들일 수 있고 말이야."

그때, 스프링클러의 물줄기가 마루의 얼굴에까지 닿았어요.

"앗, 차가워!"

물줄기가 얼굴에 닿자 타는 듯한 더위도 조금 사그라졌어요.

"그런데 이 물을 다 어디서 가져오는 거니?"

마루가 묻자 낙타가 무슨 비밀이라도 얘기하듯 조용한 목소리로 말했어요.

"이건 바닷물이야."

"바닷물? 바닷물은 염분이 있어서 짜잖아. 그런데 이건 짠맛이 전혀 안 나는걸."

마루는 입가에 묻은 물을 살짝 맛보며 말했어요.

"바보, 그건 해수 담수화 덕분이야."

"그게 뭔데?"

"바닷물에서 염분과 유기물질 등을 제거해 식수나 생활용수 등으로 이용하는 방법이지. 이 땅에 그 담수 기술을 이용해서 농사를 짓고 있어."

낙타가 목을 빳빳이 세우며 아는 척을 했어요.

"그럼 이런 관개를 이용해서 야자나무나, 선인장, 염소 들에게도 물을 줄 수 있어?"

"그건 안 돼. 여긴 농사를 짓기 위한 땅이거든. 그리고 관개 농업이 전부 좋은 것만은 아니야. 관개 농업 때문에 사막이 만들어지기도 하니까."

"그게 무슨 말이야."

"저쪽에 말라 버린 수수밭이 보이지?"

낙타가 가리킨 곳에는 바짝 말라 시커멓게 변해 버린 수수밭이 있었어요. 스프링클러로 물을 뿌리고 있는데도 작물들이 모두 죽어 있었지요.

"왜 저렇게 된 거야?"

"염성 사막화 때문이야."

"그게 뭔데?"

"물 관리와 토양 관리를 잘못해서 토양에 소금기가 남게 되는 거야. 사막의 땅이 소금에 절인 배추처럼 짜게 변하는 거지. 그럼 땅이 쩍쩍 갈라져 버려. 매년 무려 5만 킬로미터의 땅이 염성 사막화로 변해 가고 있어."

그토록 어마어마한 땅이 죽어가고 있다니, 마루는 마음이 조급해졌어요.

"말도 안 돼! 그럼 다시 땅을 살려야 되잖아."

"이곳 땅을 이용해서 이익을 얻으려는 건 대부분 민간 기업이야. 하지만 민간 기업 중에는 이곳 사헬 지역이 사막으로 변해 가는 걸 막고 푸르게 바꾸려고 노력하는 '사헬 그린벨트 계획'을 실행에 옮기는 사람들도 있지. 그런데 일부 기업들이 문제야. 돈을 벌려는 욕심 때문에 토양이 소금기로 인해 망가지면 다른 땅으로 옮겨 가며 계속 관개 농업을 하거든. 망가진 땅은 쳐다보지도 않고 말이야."

마루는 마음이 아팠어요. 사막에서 나무를 베어 내고, 돈을 벌려는 욕심 때문에 땅을 망가트리고, 동물을 괴롭히는 게 모두 사람의 욕심에서 비롯되었다는 사실이 마루는 창피하고 화가 났어요.

"하하, 그런데 넌 아직 그 고물 자전거를 못 고친 거야?"

낙타가 얄밉게 웃어댔어요. 입이 커서 그런지 웃음소리도 우렁찼지요.

그때 저쪽에서 누군가가 낙타를 부르는 소리가 들렸어요. 중년의 남자가 낙타를 향해 터벅터벅 걸어오고 있었어요. 낙타는 겁을 먹고 마루에게 속삭였어요.

"이크! 이 농장에서 일하는 우리 주인님이야. 내가 또 작물을 뜯어먹은 걸 알면 혼을 낼 거야."

거무스름한 얼굴에 눈가에 주름이 많은 주인은 정말로 한참 동안 낙타를 혼냈어요. 그러더니 낙타 옆에 자전거를 끌며 우두커니 서 있는 마루에게로 시선을 옮겼지요.

"그런데 꼬마야, 넌 누구냐?"

마루가 말했어요.

"전 마루라고 해요. 길을 잃다가 여기까지 오게 됐는데……. 지금 오아시스 도시를 찾는 중이거든요."

"그렇구나. 그런데 여긴 함부로 들어오면 안 된단다. 이곳 사장님은

매우 무서운 분이거든. 그런데 넌 생김새가 이곳 아이 같지 않구나."

"네, 전 한국에서 왔어요."

"그래? 혼자 여행을 하는구나. 우리 아들이 너와 비슷한 나이 같은데……. 그래, 밥은 먹었니?"

"먹진 않았지만 괜찮……."

마루가 괜찮다고 대답하는 순간, 배 속에서 "꼬르륵" 소리가 났어요.

"하하, 녀석. 오늘이 우리 아들 생일인데, 우리 집에 가지 않을래? 우리 쿠조가 널 보면 매우 반가워할 거야."

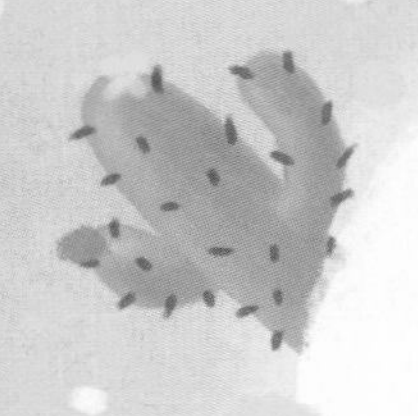

사막화를 막으려는 노력

1994년 프랑스 파리에서 6월 17일을 '사막화 방지의 날'로 지정했어요. 그날은 사막화 방지 협약을 채택하는 날을 기념하기 위해 모인 날이었지요. 우리나라도 1999년 8월, 156번째로 가입을 하게 되었답니다. 우리나라는 생태학 문제를 다루는 기술이 선진국 수준이에요. 우리나라 과학자가 중국이나 몽골과 협력해 인공적으로 사막의 녹화 사업을 돕고 있지요.

사막화를 막는 가장 손쉬운 방법은 바로 나무 심기예요. 나무는 환경 정화도 할 수 있고, 홍수 예방은 물론 산소도 공급해 주지요. 이를 위해 한국과 중국, 일본이 뭉쳐 중국의 황사를 방패처럼 막아주는 바람막이숲을 조성해 왔어요. 바람막이숲 조성으로 황사도 막고, 차츰 사막의 녹지도 살려 나가고 있지요.

사막화를 막기 위해 토양을 보호하는 것도 중요해요. 토양의 보호를 위해 3~4년마다 휴식년제를 실시해야 해요. 작물을 생산하는 것도 중요하지만 환경을 보존하는 것도 중요하니까요. 또 이렇게 땅에게 시간을 주면 지나친 개발로 인한 토양의 침식을 방지할 수 있답니다.

사우디아라비아는 관개 농업으로 사막이 살아난 대표적인 나라예요. 농사를 짓기가 어려운 건조 지역이지만 밀을 수출할 정도로 중앙 회전식 원형 관개 농업이 발달했지요. 동그란 원형 모양으로 조성된 녹지에 스프링클러를 설치해 물을 준답니다.

이러한 방법으로 사막 지형을 살리려는 노력은 이집트, 리비아, 사헬 지대에서도 계속되고 있어요. 밀이나 콩, 수수 등의 작물을 재배해 식량난을 줄이고 푸른 녹지도 만들어 사막을 살리기 위해 노력하고 있지요.

사막은 우리 지구의 심장이랍니다. 심장은 인체의 구석구석 골고루 피를 전달하지요. 사막을 살려야만 지구가 살 수 있어요. 사막화를 방지하는 건 곧 지구를 살리는 일이랍니다.

낙타의 종소리

낙타의 주인아저씨가 사는 곳은 정말 작고 가난한 동네였어요. 너덜거리는 낡은 천막들이 잔뜩 세워져 있고 여러 가지 색깔의 빨래들이 여기저기 널려 있었지요.

"여긴 난민들이 사는 곳이란다."

아저씨가 말했어요. 마루는 문득 보로로 부족 아주머니가 떠올랐어요. 난민이 되고 싶지 않다던 아주머니의 말이 생생하게 들리는 듯했어요.

난민들은 먹지 못해서 그런지 모두 말라 있었어요. 아이들은 옷도

입지 않은 채 밖으로 나와 걸어 다녔고, 하나같이 볼이 홀쭉하게 들어가 있었지요.

"그럼 아저씨도 난민이에요?"

"그렇단다. 우린 나이지리아에서 살았는데, 고향이 사막으로 변해 결국 그곳을 떠나오게 되었지."

아저씨는 형편없이 낡은 천막 앞에 멈추어 섰어요. 마루도 자전거를 세웠지요. 낙타가 콧바람을 불며 "히히힝" 소리를 냈어요.

그러자 천막 안에서 웬 남자아이 한 명이 걸어 나왔어요. 마루보다 훨씬 작고 마른 아이였지요. 아저씨는 그 아이에게 달려가 와락 껴안으며 말했어요.

"쿠조, 너한테 소개할 친구가 있단다."

아저씨는 쿠조라는 아이에게 마루를 소개했어요. 그런데 갑자기 쿠조가 마루의 얼굴을 만지작거리는 게 아니겠어요? 눈과 코, 입을 차례대로 만졌지요.

"네 얼굴이 궁금한가 보구나. 쿠조는 앞을 못 보거든."

아저씨가 말했어요. 마루는 쿠조의 눈을 슬그머니 들여다보았어요. 검게 빛나는 눈동자는 참 맑고 순수해 보였지만, 초점이 흐릿했지요.

"반가워, 난 쿠조야."

마루의 얼굴을 만지던 쿠조가 손을 내밀었어요. 마루도 쿠조의 따뜻한 손을 꼭 잡았습니다.

쿠조와 인사를 나눈 후, 마루는 쿠조 가족이 사는 천막 안으로 들어갔어요. 안에는 이불처럼 보이는 더러운 천이 몇 개 있었고, 찌그러지거나 검게 탄 양은 냄비와 오래된 식기들도 보였지요. 평소 마루의 아빠가 주워 오던 고물보다 못한 물건들이었어요.

아저씨는 한쪽에 놓인 양동이에 담긴 물을 그릇에 담았어요. 그리고 그걸 마루에게 내밀었지요.

"자, 목이 마를 테니 이 물을 마시렴."

아저씨가 건넨 물은 흙탕물이었어요. 먼지가 둥둥 떠다니고 비릿한 냄새도 났지요. 찝찝했지만 아저씨의 성의를 무시할 수 없어 마루는 얼굴을 찌푸리며 꾹 참고 한 모금 마셨어요.

"이 물은 우물에서 길러온 물이란다. 쿠조처럼 병에 걸리지 않을 테니 걱정 말거라."

"병이요?"

"쿠조는 오염된 강물을 마셔서 백내장에 걸렸단다. 이곳 아이들이 자주 걸리는 병이지. 그런데 제때 치료를 하지 못해서 시력을 완전히 잃고 말았어."

아저씨가 슬픈 표정으로 말했어요.

"이 마을에 강이 흐르나요?"

"아니, 예전에 나이지리아에 살 때 강물이 있었지. 마을 근처에 나이저 강이 있었어. 말리, 니제르, 나이지리아 등을 거치는 강이지. 그런데 오랜 가뭄으로 강이 흐르지 않고 한군데에 고이면서부터 문제가 생겨 버렸어."

"무슨 문제요?"

"목축업을 하는 마을 사람들이 수천 마리의 가축을 그곳으로 끌고가 기르기 시작한 거야. 가축을 기르면 오물을 처리하기가 어려워지니까 그 오물을 강이나 하천으로 흘려보냈지."

마루는 이맛살이 찌푸려졌어요. 강물에 가축의 오물이 둥둥 떠다니는 상상을 하니 생각만 해도 속이 울렁거렸어요.

"흐르는 물에선 대부분 미생물들이 오염 물질을 분해한단다. 미생물이 살아가는 데는 산소가 꼭 필요한데, 흐르는 물속에는 산소가 많아 물이 쉽게 깨끗해지지. 하지만 고인 물에는 산소가 적어 미생물이 오염 물질을 분해하기가 어렵거든. 그래서 흐르지 않는 물에는 세균이나 박테리아, 기생충이 많이 있는 거란다."

"그럼 쿠조가 그 물을 마신 거예요?"

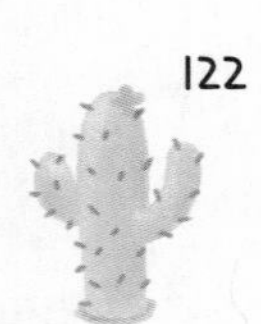

"그래, 살기 위해 어쩔 수 없이 물을 마셨지만 그 때문에 병에 걸렸어. 이곳 난민촌에 사는 아이들 대부분이 물 때문에 걸린 병으로 고생하고 있단다. 말라리아나 설사병에 걸린 아이들도 있고, 면역력이 약한 아이들은 영양실조에 걸려 힘들어하고 있단다."

마루는 쿠조의 눈을 바라보았어요. 물 때문에 병에 걸렸다니, 한국에서는 상상할 수도 없는 일이었지요. 마루는 쿠조가 가엾게 느껴졌어요.

아저씨와 이야기를 나누다 보니 어느새 날이 저물었어요. 아저씨는 수수 가루로 볼록하게 부푼 빵 세 개를 만들었어요. 낙타에게 얻은 낙타 우유도 찌그러진 그릇에 담았어요. 이것이 쿠조의 생일을 축하하는 파티 음식의 전부였어요.

아저씨와 마루는 쿠조에게 생일 축하 노래를 불러 주었어요. 생일 케이크도 없는 초라한 상차림이었지만 쿠조는 무척 즐거워했답니다.

"자, 쿠조. 이건 선물이란다."

아저씨가 천으로 싼 물건을 내밀었어요. 천 속에는 낡은 줄이 달린 종이 들어 있었어요. 아주 오래되어 때가 잔뜩 낀 종이었지요.

"누가 낙타 종을 버렸지 뭐냐. 아직 쓸 만한 걸 말이야."

"우와, 고맙습니다! 아빠, 소리가 아주 예뻐요!"

쿠조는 종을 받아 들며 활짝 웃었어요. "깔깔깔" 웃으며 신 나게 종을 흔들었지요.

마루는 몹시 놀랐어요. 그렇게 낡고 보잘것없는 물건을 선물해 줬는데도 쿠조는 불평하거나 짜증을 내지 않았거든요. 오히려 아주 값진 선물을 받은 것처럼 좋아했지요.

"넌 아빠가 이런 걸 선물해 준 것이 불만스럽지 않아?"

마루가 조심스레 물었어요. 쿠조는 보이지 않는 큰 눈을 깜빡이며 오히려 마루의 말이 이해되지 않는다는 표정으로 대답했어요.

"불만이라니? 나는 좋기만 한데? 나는 앞이 보이지 않아서 이렇게 소리가 나는 게 좋아."

쿠조는 웃으며 종을 딸랑딸랑 흔들었어요.

"봐, 아주 예쁜 소리가 나잖아! 종을 울리면 내가 어디에 있든 아빠가 날 찾을 수 있을 거야. 우리 낙타도 날 찾을 거고."

쿠조는 생일 케이크도, 고기반찬도, 비싼 게임기도 없었지만 무척 행복해 보였어요. 적게 가졌다고, 새것이 아니라고 해서 불만스러워하지도 않았어요.

아저씨는 쿠조의 이마에 손을 올리더니 이상한 말로 기도를 했어요.

"뭐라고 하신 거예요?"

"우리 쿠조가 아주 건강하고 깨끗한 지구에서 살 수 있게 해 달라고 기도했단다. 난 쿠조가 물과 식량을 걱정하지 않아도 되는 건강하고 살기 좋은 자연을 물려주고 싶거든. 아무 희망도 찾을 수 없는 사막 같은 자연이 아니라, 오아시스 같은 희망을 품을 수 있는 자연 말이야."

아저씨는 주름진 얼굴로 미소를 지었어요. 마루는 문득 엄마 말씀이 떠올랐어요. 아빠가 에너지를 아끼고, 물을 아끼고, 물건을 아끼는 건 모두 마루를 사랑하기 때문이라는 말이었지요.

마루는 갑자기 눈물이 핑 돌았어요. 마음이 뭉클하고 가슴이 아팠어요. 마루가 훌쩍훌쩍 눈물을 흘리자 쿠조가 걱정스러운 목소리로 물었어요.

"너 우는 거니?"

"난 게임기를 사 주지 않았다고 새아빠가 생겼으면 좋겠다고 생각했어. 난 정말 나쁜 아이야……."

마루는 너무 부끄럽고 창피했어요. 갑자기 뭐든 아낄 줄만 아는 구두쇠 아빠가 무척이나 보고 싶어졌지요.

그때였어요. 어디선가 "따릉따릉" 소리가 울렸어요. 처음에 마루는 쿠조가 낙타 종을 흔드는 거라고 생각했지요. 그런데 소리는 멈추지

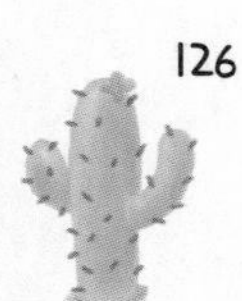

않았어요. 뭔가 이상했지요.

"어!"

마루는 눈을 번쩍 뜨고 울음을 뚝 그쳤어요. 얼른 밖으로 나가 보니 고물 자전거의 종이 저절로 울리고 있었어요.

자전거는 언제 고장이 났었냐는 듯 멀쩡해 보였습니다. 마루는 조심스레 자전거의 손잡이를 잡아 보았어요. 그러자 종소리가 더욱 크게 들리더니, 갑자기 바퀴가 뱅글뱅글 돌기 시작했어요. 순식간에 마루의 몸이 공중으로 붕 떠올랐어요.

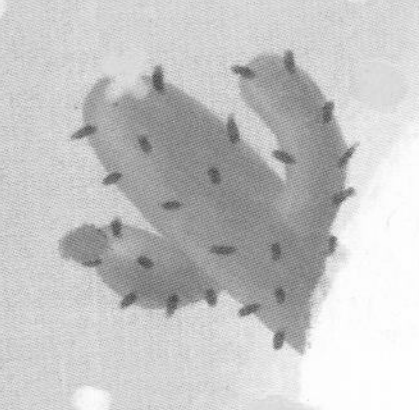

기아에 허덕이는 아이들

'기아'란 먹지 못해 굶주린다는 뜻이에요. 1984년 일어난 극심한 가뭄 때문에 아프리카의 인구 가운데 2억 명이 넘는 사람들이 굶주림에 허덕이게 되었지요. 또 지구 온난화로 인해 강수량이 줄어들어 옥수수나 밀 등의 작물 가격이 올라가면서 기아 문제는 급속도로 늘어나게 되었어요.

2005년에는 가뭄과 사막화로 인해 에티오피아, 말라위, 잠비아, 짐바브웨, 에리트레아 등에서 1,500만 명의 사람들이 기아로 사망했다고 해요.

이렇게 기아로 허덕이는 아프리카의 아이들은 옥수수 죽 한 그릇도 먹지 못하는 날이 많아요. 이런 아이들은 몸에 에너지를 만들 충분한 음식을 먹지 못해 대부분 영양실조에 걸리거나 면역력이 약해 쉽게 병에 걸리지요.

그뿐만이 아니에요. 물이 귀한 사막에선 물로 인한 질병도 자주 생겨요. 물을 아껴 써야 하는 사막 사람들은 그릇을 닦고 그 물을 가축에게 먹이고, 또 여러 세균과 박테리아가 들끓는 고인 물을 마셔야 하지요. 그래서 연간 500만 명이 넘는 사람들이 물 때문에 장티푸스, 콜레라, 이질 등의 무서운 병에 시달리고 있답니다.

국제 연합 등 각종 국제기구와 단체들이 구호 활동을 하고 있지만 기아 문제는 급속도로 늘어나고 있어요. 지금처럼 식량 공급이 줄어들게 되면 앞으로 10년 후에는 인구의 25퍼센트에게만 음식이 제공될지도 모른다고 하니, 정말 안타까운 일이 아닐 수 없어요.

기아를 없애기 위해 우리가 할 수 있는 일은 없을까요? 국제기구를 통해 돕거나 봉사 활동을 하는 것도 좋지만, 먼저 지구를 지키려는 작은 실천이 필요해요. 물을 아껴 쓰고, 전기를 아끼고, 나무를 보호하는 거예요. 이러한 우리의 작은 관심이 지구를 함께 지켜 나갈 아프리카의 친구들에게 희망을 줄 수 있을 거예요.

다시 생명을 불어넣어요!

마루는 살며시 눈을 떴어요. 정신을 차리고 주위를 둘러보니 마루가 누워 있는 곳은 차가운 창고 바닥이었어요. 드디어 집으로 돌아온 거예요. 아주 긴 꿈을 꾼 것처럼 몸이 찌뿌듯했지요.

"엄마! 아빠!"

마루는 보고 싶던 엄마와 아빠를 목이 터져라 외쳤어요. 마루가 부모님을 부르며 창고에서 나오는데 마침 엄마, 아빠가 대문으로 들어오고 있었어요. 마루는 너무 반가워 한달음에 달려가 부모님을 와락 껴안았어요.

“왜 그래, 마루야? 무슨 일 있었니?”

엄마와 아빠는 마루가 없어졌다는 사실조차 모르는 것 같았어요. 그러고 보니 옷도 외출할 때 그대로였지요.

시간이 오래 흐른 것 같았는데 다시 한국으로 돌아와 보니 모든 것이 그대로 정지해 있었어요.

마루는 목이 메어 말이 나오지 않았어요. 아빠는 마루에게 미안한 표정을 지으며 말했어요.

“마루야, 화 많이 났지? 아빠가 미안하구나. 생일날 우리 마루를 속상하게 했으니…….”

“아니에요, 아빠.”

마루는 울먹거리며 말했어요.

“그런데 마루야, 아빠가 너에게 줬던 그 자전거는 아빠에겐 아주 값진 보물이란다. 그건 돌아가신 할아버지께서 아빠에게 처음으로 사주신 자전거거든.”

마루는 그제야 아빠가 고물 자전거를 보물이라고 한 이유를 알 수 있었어요.

“비록 고물이지만 그 자전거에는 아빠의 소중한 추억이 깃들어 있단다. 그래서 너에게도 그 소중한 추억을 나누어 주고 싶었던 거야.”

마루는 고개를 끄덕였어요.

‘아빠의 마음을 조금만 일찍 알았더라면 좋았을 텐데…….’

마루의 눈에서 후회의 눈물이 자꾸만 떨어졌어요.

"하지만 우리 마루가 싫다면 버려도 된단다. 아빠에게 그 자전거보다 소중한 건 우리 마루니까."

"아니에요. 이제 저도 고물을 사랑하기로 했거든요!"

마루가 눈빛을 반짝이며 말했어요. 아빠는 갑자기 달라진 마루를 의아하게 바라보았어요.

"이제 아빠가 선물한 자전거는 저에게도 추억이 깃든 자전거예요."

활짝 웃는 마루를 보며 아빠는 어리둥절한 표정을 지었지요.

그날 저녁, 마루네 가족은 다 함께 마루의 생일 파티를 했어요. 그런데 마루의 말과 행동이 평소와는 사뭇 달랐답니다.

마루는 상에 차려진 음식을 보며 말했어요.

"엄마, 내년부터는 이렇게 많은 음식을 만드시지 않아도 돼요. 그리고 고기보다는 야채가 먹고 싶어요."

마루는 또 음식을 남긴 아빠에게 이렇게 말했어요.

"아빠, 음식을 남기면 안 돼요. 지금도 사막에서는 먹지 못하는 아이들이 많단 말이에요."

또, 마루는 저녁을 먹고 나서 컵을 사용해 양치질을 했어요. 그리고 수도꼭지를 잘못 잠가 물이 새지는 않는지 두 번, 세 번 확인했어요.

그뿐만이 아니에요. 대야에 받아 세수한 물은 그대로 흘려보내지 않고 양동이에 담아 두었어요.

"마루야, 왜 물을 양동이에 담아 뒀니?"

아빠가 묻자 마루는 당당하게 말했어요.

"변기 물로 쓸 거예요. 물을 아껴야 사막이 살아날 수 있거든요."

아빠는 갑작스러운 변화에 갸웃했지만 마루의 달라진 행동을 무척 대견스럽게 생각했어요.

양치질을 한 뒤에 마루는 엄마를 도와 텃밭에서 채소를 가꾸었어요. 평소엔 관심도 없던 일이었는데 말이에요.

"식물들을 잘 보살펴야 해요. 그래야 푸른 지구가 될 테니까요."

마루는 선인장과의 약속을 지키기 위해 마당 한편에 나무도 한 그루 심었습니다. 아주 향긋한 향기를 풍기는 아카시아 나무였지요.

"선인장아, 약속대로 새 생명을 심었어. 예쁘게 잘 키울게!"

마루는 사막에서 있었던 혼자만의 비밀을 잊지 않기 위해 일기에 남기기로 했어요. 누군가 쓰다 버린 재활용 공책을 일기장으로 만들어서 마지막 장까지 꽉꽉 채워서 썼답니다.

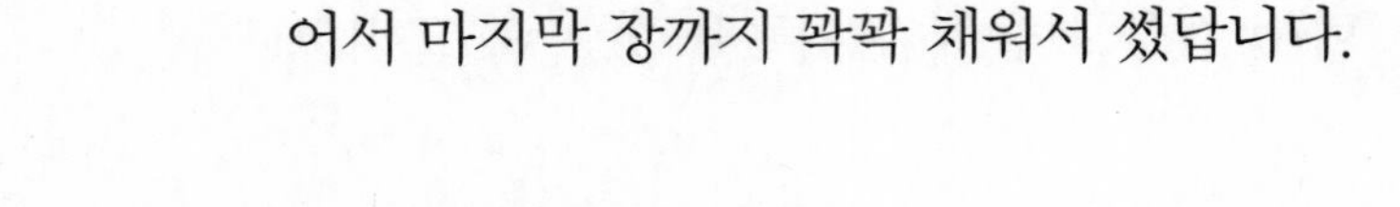

다음 날 아침, 마루는 일찍 일어나 아빠가 선물한 고물 자전거를 깨끗이 닦았어요. 바람 빠진 바퀴에 바람도 채워 넣고, 안장과 손잡이에 묻은 먼지도 털어 냈어요. 오래된 고물 자전거가 마치 새 생명을 얻은 것처럼 번쩍번쩍 빛났지요.

"마루야, 갑자기 자전거는 왜 닦고 있니?"

엄마가 물었어요.

"학교 갈 때 타고 갈 거예요."

"버스를 타고 가는 게 더 빠르지 않니?"

"자전거는 대기 오염을 막는 아주 좋은 친구예요! 전 이제부터 꼭 자전거를 타고 학교에 갈 거예요."

마루는 가방을 메고 자전거에 앉아 힘껏 페달을 밟았어요. 마루의 자전거가 신 나게 골목길을 달려 내려갔어요. 저 멀리 사하라 사막에서부터 불어오는 듯한 바람 한 줄기가 마루의 이마에 송골송골 맺힌 땀을 식혀 주었지요.

마루는 사하라 사막에 사는 친구들에게까지 잘 들리도록, 힘차게 종을 울렸답니다.

"따릉따릉!"

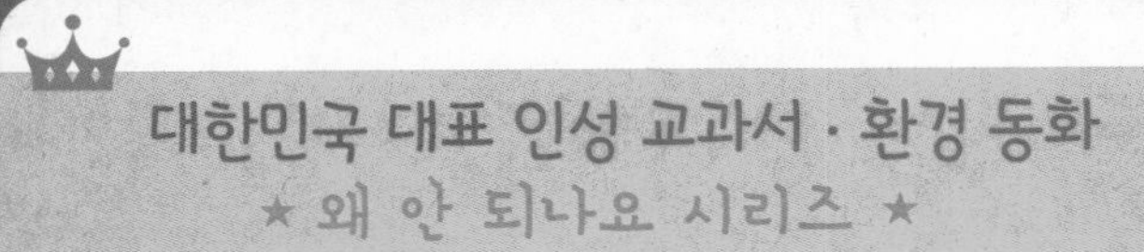

중국 저작권 수출 도서
한우리 독서올림피아드 필독서
서울시교육청 추천도서
아침독서 선정도서
교보문고 키위맘 선정도서
서울환경연합 선정도서
소년한국우수도서 선정도서
국립어린이청소년도서관 추천도서

★★★★
어린이를 위한
습관의 힘 시리즈

★★★★
탤리캣과 마법의
수학 나라 시리즈

★★★★
말뜻을 알면 개념이 쏙쏙
잡히는 시리즈

★★★★
세상을 바꾸는 멘토
시리즈

권당 12,000원 • 각 시리즈는 계속 출간됩니다!